GUER-RIÈRE

Pour Amal.

Avertissement : Certains passages de ce livre reflètent la réalité violente à laquelle sont confrontés les enfants-soldats et peuvent heurter les plus sensibles.

Note de l'autrice : Ce texte a été écrit en musique. Les rythmes, les ambiances, les mélodies, les voix m'ont inspirée pour décrire les émotions de mes personnages, leur environnement, leurs comportements… Ils m'ont été d'une aide considérable pour m'immerger dans cette histoire. Vous trouverez la playlist du roman page 244 mais aussi sur le compte Deezer des éditions Slalom.

Slalom, un département d'Édi8
92 avenue de France, 75013 Paris
www.slalom-editions.fr
Correction : Marie Roos
Relecture sur épreuves : Marie-Odile Mauchamp
Illustration de couverture : Hina Hundt
Graphisme de couverture : Nicolas Caminade
Composition : Facompo

Loi n° 49-956 du 16 juillet 1949 sur les publications destinées à la jeunesse, modifiée par la loi n° 2011-525 du 17 mai 2011.
ISBN : 978-2-37554-359-7
Achevé d'imprimer en France en août 2023 par NRI s.a.s. (2303448)
Dépôt légal : octobre 2023

Cécile Alix

GUER-RIÈRE

Slalom

Seul j'écoute, je doute, il pleut et c'est certain
Comme seul l'oiseau au plus fort des tragédies
Je chante pour n'être pas vaincu à la fin.

Tchicaya U Tam'si,
J'étais nu pour le premier baiser de ma mère

Je m'appelle Nekeli.

Mon histoire est la même que celle de Noumou. La même que celle de Koffi, la même que celle de Kofala. Et Nyele. Et Zey. Et Edoh. Et Bakari. Et Chacha. Et Kadi. Les enfants de mon village.

La même que celle de Temona.

La même que celle de mon frère Soulaï.

C'est important que tu connaisses leurs prénoms et que tu les gardes dans ta mémoire. Comme ça, je ne serai plus la seule à me souvenir d'eux.

Un jour, tu vas me poser des questions, tu voudras savoir ce qui est arrivé à notre clan, c'est sûr. Alors il faut que je t'explique comment je suis devenue soldat.

Écoute bien ce que je dis, parce que je ne sais pas si j'aurai la force de te le raconter une seconde fois.

C'était il y a longtemps,
dans notre village loin de tout.
Tellement loin de tout
qu'on aurait dit parfois
que le reste du monde nous avait oubliés.

Le vent soupirait fort par les fenêtres du ciel,
s'infiltrait dans la case,
balayait le chaume du toit.
Notre mère a étendu nos nattes sur les branches d'un figuier,
elle a murmuré :
« La lumière n'est pas encore grise, mais l'air s'alourdit et se charge de pluie. Il faudrait rentrer les chèvres avant l'orage. »
Mama n'ordonnait jamais « faites ceci, faites cela »,
elle disait :
« Il faudrait. »
J'aimais sa voix de roseau sauvage
et pêcher les étoiles dans ses yeux.

Elle est allée décortiquer le sorgho
avec les autres femmes.
Notre père travaillait dans le champ de manioc,
grand-ma' berçait Lulu dans ses bras.
Les poules jouaient aux poules,
les mouches aux mouches,
ce matin ressemblait aux autres matins.
Je suis partie chercher les chèvres
avec mon frère Soulaï.

1

L'herbe me chatouille les mollets, les sentiers se promènent autour des bananiers, les chèvres n'ont pas envie de rentrer. Elles savent que ce n'est pas la bonne heure, que si nous arrivons aussi tôt, ce n'est certainement pas pour les compter ou vérifier les clôtures. Elles pensent peut-être que nous venons chercher l'une d'elles pour l'amener à tonton Moké qui est le boucher du village. Dès qu'elles nous aperçoivent, elles s'éparpillent dans les broussailles.

Mon frère sort des mangues de sa besace. Je lui tends mon petit couteau. Il les coupe en lamelles que nous enfilons sur des bâtons. Nous les agitons mollement, les bras tendus comme des branches, en feignant d'ignorer les chèvres. Elles adorent les mangues, leur gourmandise sera plus forte que la peur. Patience.

— Soulaï, Soulaï...

— Je sais pourquoi tu prends ta voix de brindille, Nekeli. Tu cherches encore à m'amadouer.

Les chèvres nous observent. Elles se demandent si nous sommes Soulaï et Nekeli ou des arbres à fruits. La femelle dominante n'a pas encore tranché, alors elles attendent au milieu des ronces, piquées sur leurs pattes maigres, le regard dédaigneux.

— Allez, Soulaï, je veux savoir ! Depuis des jours j'attends que tu me dises où est la cachette.

— Je ne peux pas, Nekeli, j'ai promis à Bongalo de n'en parler à personne.

J'ai froid, soudain. Et l'impression d'être entraînée au milieu de la rivière, dans les remous d'un tourbillon furieux. Mon frère n'a pas dit « papa » mais « Bongalo ». Seuls les hommes ont le droit d'appeler leur père par leur prénom.

Depuis le jour de notre naissance, il y a douze ans, j'ai grandi en Soulaï et il a grandi en moi. Nous nous aimions déjà dans le ventre de mama. Je lui ai donné mes yeux, il m'a donné sa bouche, je lui ai donné mon nez, il m'a donné son front, nous sommes les deux visages d'une même âme. Il ne doit pas partir dans le monde des adultes sans moi, je ne suis pas prête.

J'observe à la dérobée ses épaules qui tendent le tissu de sa tunique, ses mains bien plus larges que les miennes, ses jambes bien plus longues. Lorsqu'il me parle, il doit maintenant baisser les yeux pour croiser mon regard, et moi lever la tête pour rencontrer le sien. Nous n'avons plus le même corps.

Et alors ? Qu'est-ce que cela change ? Va-t-il singer Koffi qui nous traite comme des blattes, sous prétexte qu'il a poussé d'un coup et que sa voix ressemble à celle d'un chacal soûlé au vin de palme ?

— Je ne suis pas *personne* !

Soulaï sursaute, s'amuse à perdre l'équilibre, mouline des bras pour se rétablir. Un sourire flotte sur ses lèvres. Il plie son trop grand squelette et pose son front contre le mien.

Je ferme les yeux, le temps n'existe plus.

— Toi, même que moi, souffle-t-il.

— Moi, même que toi, je dis encore plus bas.

Mots de l'enfance, chuchotés en sourdine. Promesse éternelle que seuls celles et ceux qui ont partagé la chaleur d'un même nid au creux d'un même ventre peuvent comprendre. Les chèvres tendent l'oreille pour nous écouter. Je devine, plus que je n'entends, le son furtif de leurs sabots qui se rapprochent.

— Nekelaïsouli.

— Soulinekelaï.

Une langue râpeuse lèche le bâton dans ma main, s'enhardit sur mes doigts poisseux de jus sucré. Ce qui intéresse réellement les chèvres, ce ne sont pas nos secrets mais le langage parfumé des mangues.

— Je ne peux pas te dire où est la cachette, répète mon frère, j'ai promis...

Je m'obstine.

— À moi tu peux ! À moi tu dois !

— C'est vrai.

Quelque chose dans sa voix ressemble au son des graines sèches à l'intérieur des haricots géants. Un bruit joyeux et pétillant. J'ouvre les paupières. Soulaï me dévisage. Regard nuit étoilée, sourire vapeur de nuage.

— J'ai promis de ne rien dire, murmure-t-il, mais je peux te montrer.

Il ajoute :

— Tout à l'heure, lorsque nous aurons ramené le troupeau, je te guiderai jusqu'à la cachette.

Mes yeux, sans doute, ressemblent à ceux des crapauds que l'on capture en plein saut.

Le rire de Soulaï éclate. Éblouissant. Une rafale de soleils sortie de sa gorge pour m'aveugler, me ravir et m'étourdir.

Mais il faut que j'explique ce qu'est cette histoire de cachette.

Il y a quatre lunes, le gardien de la piste, perché dans le grand arbre, a sonné la corne.

Les femmes ont abandonné leurs mortiers, les hommes leurs champs, et ceux qui pêchaient dans la rivière ont tiré à la hâte leurs embarcations sur la berge.

« Un camion ! a crié le gardien. Avec le drapeau du gouvernement ! »

Les enfants bondissaient dans tous les sens, on aurait dit des bouquets de criquets. J'ai traversé la place, ma petite sœur Lulu endormie dans mon dos. Elle seule ne se souciait pas d'être curieuse, je sentais sa tête minuscule dodeliner entre mes omoplates. Nous nous sommes regroupés devant les premières cases et nous avons regardé grossir le nuage de poussière.

C'était la troisième fois depuis ma naissance que je voyais quelqu'un arriver par la piste. Personne ici ne l'utilise. Le village le plus proche est à sept heures de marche, nous y allons en pirogue, c'est bien plus rapide. Nous cultivons la terre et nous élevons des chèvres, mais nous sommes un peuple de l'eau.

« Tu penses qu'ils viennent construire l'école ? » m'a soufflé Temona.

J'ai haussé les épaules et Soulaï, qui l'avait entendue, s'est mis à rire silencieusement. Mais tellement fort à l'intérieur que la sueur a perlé sur son front et que des larmes ont roulé sur ses joues. Alors nous aussi, nous avons ri sans bruit.

Il y a cinq ans, peut-être six, un cortège d'automobiles, des petits drapeaux du gouvernement fixés sur les capots, est arrivé triomphalement chez nous. Comme si un roi et sa suite daignaient nous rendre visite. Un homme avec une chemise blanche a parlé devant les cases. Il avait très chaud, s'épongeait le front sans cesse. J'ai demandé à mama pourquoi il n'enlevait pas sa veste et ce foulard qui l'étranglait. Elle m'a expliqué qu'il était ministre du gouvernement, un titre supérieur à celui de chef de village, et que sa cravate (le foulard) était le signe de sa puissance. Il ne devait pas être si important, car papa ne l'a pas invité à entrer dans la case des ancêtres.

Il a terminé son discours que personne n'écoutait, et les gens qui l'accompagnaient ont cherché un endroit. C'est ce qu'ils disaient : « On cherche le bon endroit. » Ils ont fini par poser une grosse pierre taillée, un peu à l'écart, entre la hutte du vieux Tewomba et le bosquet de goyaviers. « La pierre inaugurale de votre future école », a fièrement annoncé le ministre. Une femme aux cheveux lisses nous a pris en photo à ses côtés. Elle a dit que c'était un grand honneur pour nous, que notre image figurerait dans les journaux nationaux et que tout le pays apprécierait les efforts du président et du ministère pour éduquer les enfants de la brousse.

Ils sont repartis et personne n'est plus venu au village par la piste durant deux grandes saisons humides.

Puis, un jour, un jeune homme timide est arrivé à moto-taxi, un lourd chargement ficelé sur le porte-bagages. Il a montré à papa un document officiel qui lui donnait la charge de venir nous enseigner à lire, écrire et compter. Il a demandé où était son école, on lui a montré la pierre inaugurale à la sortie du village, et il a bredouillé en agitant son papier : « Je ne comprends pas, je suis instituteur, j'ai mon affectation, regardez ! » Papa lui a répondu que probablement le ministre avait oublié qu'on avait oublié de construire notre école. Le conducteur de la moto-taxi s'impatientait, le jeune homme est reparti avec ses valises. On riait, on riait à gorge déployée en lui disant adieu.

Cette troisième fois, ce n'était ni le ministre, ni un enseignant envoyé par erreur, ni des bâtisseurs d'école qui empruntaient la piste. Le camion s'est garé et des soldats en treillis militaire, casques sur la tête et mitraillettes au poing, en sont sortis précipitamment. Les femmes ont glapi en rassemblant leurs enfants. Mon père et les autres hommes se sont placés devant nous. Lulu s'est réveillée et s'est mise à pleurer. Les chiens ont jappé, le coq a braillé, les poules aussi, il y avait un vacarme épouvantable, mais tout s'était déroulé tellement vite que je n'avais pas eu le temps d'avoir peur.

Le commandant des militaires a demandé qui était le chef du village. Papa s'est avancé et j'ai commencé à trembler. Soulaï a posé une main sur mon épaule. Elle tremblait aussi. Grand-ma' s'est assise devant notre case, ses jambes ne la portaient plus. L'air est devenu immobile et plus personne n'a crié ni dit un mot.

Le commandant nous a parlé d'une guerre. Une « guerre civile ». Il a dit que des hommes armés, conduits par un chef rebelle, voulaient chasser du pouvoir le président qui dirigeait notre pays avec une grande bonté depuis des dizaines d'années.

« Ils attaquent et pillent les villes, puis ils se dirigent vers les villages, incendient les cases et assassinent sauvagement les habitants. »

Il a cité les noms des villes et des villages, mais nous ne les connaissions pas. Il a raconté en détail ce que les rebelles faisaient subir aux villageois, c'était abominable. Je ne l'ai pas cru, car même les bêtes féroces ne sont pas aussi cruelles. Il nous a assuré que l'armée régulière des soldats du gouvernement allait se déployer dans notre région et nous protéger. Il a dit :

« La patrie est une cause sacrée pour notre président. Il aime son peuple comme ses propres enfants. Il vous porte dans son cœur, portez-le dans le vôtre, et luttez avec nous pour préserver la paix. »

Il a demandé si nous avions de quoi lutter pour préserver la paix. Mon père lui a montré nos machettes, nos outils, et le vieux fusil qui ne fonctionnait plus. Alors le commandant a lancé un ordre, les militaires ont sorti des armes et des munitions du camion et les ont entassées devant nous. Puis ils ont grimpé dans leur véhicule et se sont éloignés à vive allure sur la piste, en projetant de la terre et des cailloux derrière leurs roues.

Nous sommes restés immobiles jusqu'à ce que la poussière se redépose sur le sol et que tout ressemble à avant. Mais rien n'était comme avant.

Les hommes ont rangé les armes dans la hutte du vieux Tewomba qui était mort au début de la petite saison sèche. Ils ont interdit aux femmes et aux enfants de s'éloigner du village, et mon père et les gardiens se sont retirés dans la case des ancêtres. Ils ont discuté tout le jour et jusque tard dans la nuit. Assis chez nous avec mama et grand-ma', nous n'avons pas pu manger. Lulu s'agitait dans ses langes et repoussait le sein que notre mère lui tendait. Chaque bruit nous faisait sursauter, le moindre tremblement de la flamme du foyer nous inquiétait. Dès qu'un oiseau piaillait ou qu'une branche craquait, nous croyions entendre les guerriers rebelles arriver.

Des pas se sont approchés, nous avons cessé de respirer, les mains plaquées sur nos bouches. C'est notre père qui est entré, il venait chercher Soulaï. Nous nous sommes levés, lui et moi, mais papa m'a fait signe de me rasseoir et a entraîné mon frère. J'ai rampé jusqu'à la porte et je l'ai vu inviter tous les hommes à rejoindre les sages. Le seul enfant avec eux était Soulaï. Même cet idiot de Koffi n'a pas eu l'autorisation d'entrer dans la grande case.

« Et les femmes ? ai-je pensé. Aucune n'est-elle digne de participer au conseil ? Elles soignent et nourrissent l'ensemble de ces hommes, portent et élèvent leurs enfants. Eux-mêmes sont sortis d'un ventre de femme. Ne sont-elles pas capables de discuter de l'avenir du village ? »

Je n'ai pas demandé l'autorisation à mama, je me suis glissée hors de la case. Elle ne m'a pas retenue.

J'ai traversé le village en silence, ombre parmi les ombres. Seul le glissement de mes pas froissait l'obscurité. Je n'avais plus peur, j'étais bien trop en colère. J'ai collé mon corps et ma tête contre la case des ancêtres et les battements de mon cœur ont résonné à mes oreilles. Tellement forts et rapides que je percevais à peine ce qui se murmurait à l'intérieur. J'ai posé mes paumes sur ma poitrine pour que s'apaise le tam-tam et j'ai entendu la voix profonde de mon père.

« Soulaï, mon fils premier, tu seras un jour mon successeur à la tête du village et dépositaire de la coutume… »

Un chiffonnement de feuilles m'a fait tressaillir. J'ai tourné la tête. Une poule ! Une poule noctambule qui avait oublié que son espèce s'endormait avec le soleil !

Je l'ai chassée du pied et j'ai de nouveau prêté l'oreille, attentive.

« … face aux dangers qui nous menacent et à l'avenir incertain, nous avons décidé d'ensevelir les insignes, les reliques sacrées et les talismans, emblèmes de notre clan. Ainsi, ils ne pourront nous être dérobés et personne ne les détruira. Pour la sécurité de tous, seuls toi et moi connaîtrons leur cachette. »

Je l'ai écouté faire promettre à mon frère, devant l'assemblée des hommes, de n'en parler à personne. Je suis rentrée chez nous tandis qu'ils égrenaient les paroles rituelles. Je n'ai pas trouvé le sommeil, je ne pensais qu'à ce secret de mon frère que je ne partagerais pas. La déception me ravageait l'esprit, la jalousie me poinçonnait le cœur. J'étais née le même jour que Soulaï, j'étais autant que lui l'enfant premier de notre père, en quoi étais-je moins légitime pour protéger la mémoire du village ?

Ils ne sont rentrés qu'au petit jour. J'ai fait semblant de dormir, mais mon frère ne s'y est pas trompé. Ses doigts ont enlacé les miens lorsqu'il s'est étendu à mes côtés.

Nous sommes restés à proximité des cases durant une semaine, les hommes postés autour du village avec à la main les armes dont ils ne savaient pas se servir. Une semaine, et puis... les enfants avaient besoin de courir, les animaux d'être soignés, les champs labourés, nous autres de vivre. Notre village était loin de tout, tellement loin de tout que les rebelles ne pouvaient soupçonner notre existence. Ils ne viendraient pas, cette guerre n'était pas notre affaire. Les armes se sont entassées dans la hutte et nous avons repris le cours de notre vie là où nous l'avions laissé.

*

Les chèvres nous collent à présent, gourmandes et empressées. Elles se battraient presque pour arracher les derniers morceaux de mangue.

J'ai une folle envie de danser. Mon frère a accepté de partager son secret ! L'air s'alourdit mais je me sens aussi légère que les grues couronnées qui nichent sur nos rives. Je suis plumes oscillantes, pattes frêles, abdomen velouté, ouate douce sous les ailes. Je suis oiselle, je suis...

Loin devant nous, la corne retentit tout à coup. Barrit, encore et encore, hurle à la mort, déchire le ciel.

Une détonation lui répond, un éclair de feu.

Pétrifiés, nous regardons le corps de tonton Jabari, le gardien de la piste, tomber du grand arbre sans un cri.

Aussitôt, les chèvres se dispersent en poussant des bêlements d'effroi qui ressemblent à de longs râles d'agonie. Du village s'élèvent des hurlements. Stridents, tranchants. Des lames.

— Couche-toi ! m'ordonne Soulaï.

2

TAC-TAC-TAC-TAC-TAC.

Les armes crient plus fort que les femmes, plus fort que les enfants, plus fort que les hommes et les chiens. Plus fort que tout ce qui crie.

TAC-TAC-TAC-TAC-TAC.

J'entends l'air se trouer et je sens trembler la terre.

TAC-TAC-TAC-TAC-TAC.

Les couleurs s'envolent et mon cœur saute dans ma poitrine.

TAC-TAC-TAC-TAC-TAC.

Les larmes jaillissent de mes yeux comme les braises d'un foyer. Elles me brûlent les joues et l'herbe devant moi devient grise.

Je tremble, tremble, tremble, mama, je tremble tant !

Et puis, il y a ce hurlement. Plus puissant que celui des armes. Un hurlement animal.

Je n'ai jamais entendu grand-ma' crier, mais je sais que cette plainte terrifiante sort de sa bouche.

Ma vue se brouille et mon corps se redresse malgré moi. Mes pieds portent mes jambes, mes jambes portent le reste, avec ma tête pleine de ce feu qui claque et coupe la voix de grand-ma'. Mes pieds avancent.

Lentement.

À

petits

pas

comme

ça.

Pour rendre le chemin plus long et le village plus loin. Pour laisser vivre grand-ma' encore un peu, rien qu'un peu.

TAC-TAC-TAC-TAC-TAC.

TAC-TAC-TAC-TAC-TAC.

Ça ne s'arrêtera jamais.

Mes mains se tendent.

— Je t'en supplie, crie encore, grand-ma' !

Soulaï se jette sur moi.

— On fait le mort, Nekeli, on fait le mort !

Me couvre de son corps. M'immobilise. Ses lèvres contre mon oreille.

— On fait le mort, faut pas qu'ils nous voient.

Je m'affaisse dans la poussière et meurs un peu. Même si je respire et que mon cœur cogne à l'intérieur. Même si j'entends la vie couler dans mes veines et dans celles de mon frère.

Nous restons étendus au pied des bananiers. Soulaï m'écrase et j'entends toujours le cri de grand-ma' qui m'a empoignée là et dont la douleur ne me quitte pas. Il retentit dans ma poitrine et continue de vivre en moi.

J'entrouvre les paupières. Un criquet accroché à un brin d'herbe tourne son front luisant dans ma direction. *Krrr... krrss... krrr*, il frotte ses cuisses sur ses élytres, suspend son mouvement. Ses antennes se dressent et dans les facettes de son regard, je distingue une silhouette sombre. Gigantesque.

D'un bond, le criquet disparaît et l'ombre s'abat sur nous. Nous arrache à la terre, nous met debout. D'un jet de bras, abat ses mains de géant sur nos joues. Nous retombons lourdement, les lèvres déchirées, et dans la bouche le goût du sang. L'ombre se penche au-dessus de mon visage. Tout en elle est noir. Ses prunelles, son sourire, ses dents. Son troisième œil d'acier pointé sur mon front.

Je me relève lentement, Soulaï aussi. C'est ce que nous ordonne le fusil. Je sais que l'ombre qui le brandit est un rebelle et qu'il apporte avec lui la violence et la guerre. Sa peau a l'odeur de la haine.

Je me souviens des paroles du commandant de l'armée régulière. Cette fois, je le crois.

La sueur coule le long de mon dos, le silence et la peur s'insinuent dans mes os. La main de mon frère frôle la mienne, quelque part une chèvre bêle. TAC-TAC-TAC-TAC-TAC, de nouveaux coups de feu me vrillent les tympans, TAC-TAC-TAC-TAC-TAC, explosent dans ma tête. Je vois le corps de la femelle dominante soulevé dans les airs puis projeté à terre.

TAC-TAC-TAC-TAC-TAC, tout vibre en moi, je deviens sourde. Je pense : « Ça y est, Nekeli, tu es morte », et une grande paix m'envahit. Mourir, c'est mieux. Pour ne pas voir, ne pas savoir, jamais, ce qui s'est passé au village.

Mais je suis toujours en vie.

Le fusil crache encore et tout le troupeau vole et s'écrase.

L'homme hurle des choses que je n'entends pas, attrape le bras de Soulaï, le traîne jusqu'aux dépouilles sanglantes et en charge une sur ses épaules. Mon frère titube. Du flanc de l'animal cascade un bouillonnement rouge qui imprègne sa tunique, gicle sur ses jambes et imbibe la terre.

La terreur me mord le ventre, mon corps se tord, je voudrais hurler mais mes lèvres sont trop sèches, ma gorge trop nouée, aucun son ne s'échappe. Soulaï marche, courbé, d'un pas hésitant. Je trébuche derrière lui, les yeux fixés sur la tête de la chèvre ballottant dans son dos. Les pierres saillent sous nos pieds, nous entaillent la peau, le sang cogne à nos tempes, l'épouvante nous martèle le crâne, nous lacère le cœur, nous comprime l'âme. Le fusil nous cogne les côtes.

— Magnez-vous ! braille l'homme derrière nous.

Mais nos jambes se raidissent, refusent de continuer. Les doigts crispés sur les pattes de l'animal, Soulaï respire fort. Une salive acide envahit ma bouche, un vertige me prend et m'aspire.

Le corps de tonton Mawuko, le gardien de la plaine, nous barre le chemin. Affalé de tout son long, face contre terre, il baigne dans une flaque épaisse et déjà noire. Un acacia l'enveloppe de son ombre, une nuée de mouches vertes s'agglutinent sur la plaie qui troue sa nuque. Leur bourdonnement infernal nous pétrifie.

Il faudrait ne plus être là, s'empêcher de voir et d'entendre. Éteindre la vie.

Je ferme les yeux. J'appelle au plus profond de moi, j'appelle « Mama, mama ! », une fois, deux fois, dix fois. La voix de mon frère se joint à la mienne, je l'entends à l'intérieur, fragile et désemparée, une voix d'enfant qui ne sait plus que faire ni où aller. « Mama, mama ! »

Sa silhouette se dessine derrière nos paupières. Nous sentons rouler ses hanches et ses pas nous bercent. « Mama, mama ! » Nous sommes de toutes petites choses lovées sur son dos, jambes et pieds mêlés, bouches sur sa peau. C'est si doux de la sentir là, contre nous, que des larmes tièdes coulent sur nos joues.

TAC-TAC-TAC-TAC-TAC.

Le feu du fusil nous fait sursauter, l'homme a tiré en l'air. Une pluie de feuilles recouvre les jambes du gardien de la plaine. Les mouches s'éparpillent puis reviennent à leur festin. Nous enjambons tonton Mawuko comme s'il s'agissait d'une grosse branche tombée là, et nous courons, pressés par les aboiements du guerrier et la crosse qui s'acharne sur nos reins.

Le village est dévasté, les cases éventrées. Aucune tige ne bouge, aucun pétale, aucun rameau, pas une ride sur la rivière, partout des hommes armés.

Des poules et des chiens décapités, des chairs suppliciées, torses transpercés, gorges tranchées, bouches ouvertes, yeux révulsés. Comment décrire une telle violence ? Elle est au-delà des mots et de tout ce que l'on peut imaginer de souffrance.

Je tourne la tête dans tous les sens, mon regard s'accroche au bosquet de goyaviers, dégringole au pied des troncs. Grand-ma' est recroquevillée pour l'éternité devant la pierre inaugurale, les mains tendues vers ma petite sœur qui gît dans la poussière.

Je m'élance.

— Lulu !

Je hurle son prénom, ou peut-être que je le murmure, je ne sais pas. Je lui tapote la joue, la soulève, l'embrasse.

— Lulu, Lulu, ma Lulu !

Elle reste suspendue à mes bras, les paupières closes. Alors je comprends.

Je ne l'entendrai plus babiller dans mon dos ni rire sous mes chatouilles. Ses mains minuscules ne seront plus de petites ailes d'oiseau.

L'air devient moite de chaleur. Des milliers d'épines me transpercent le cœur. Je tombe à genoux devant les fusils pointés sur moi, devant Soulaï qui se débat et qu'ils sont trois à retenir. Je tombe, sans force ni courage, comme on tombe quand plus rien ne peut nous tenir debout. Je dépose ma petite sœur à côté de grand-ma', je suffoque, j'étouffe. Le désespoir déplie ses mâchoires et m'engloutit.

La vieille Muskeba est poussée entre nous. Elle s'effondre à quatre pattes, le souffle coupé.

— Ce sont eux, les aînés du chef ? lui demande un homme.

Elle acquiesce d'un geste. Alors les guerriers poussent des glapissements, se ruent sur elle et la piétinent, d'autres nous entraînent, nous tirent par les cheveux, lancent leurs semelles sur nos côtes, giflent nos visages. Nos cris et nos larmes les excitent, ils ressemblent à une meute de chiens sauvages. Nous finissons par nous taire, têtes dans nos bras, jambes sur nos ventres, en attendant que ça s'arrête. « Tirez, tirez ! Qu'est-ce que vous attendez ? » crie ma gorge, tout au fond.

Mais ce qui arrive dans l'air poisseux et couvre soudain les glapissements, c'est une voix. Limpide, lumineuse.

Esprits du ciel, de la terre et de la rivière, entendez-vous ? Âmes de nos ancêtres, écoutez ! Mama chante ! Et personne n'y comprend rien, ni les blessés, ni les guerriers, ni les assassinés, ni les criquets, ni les mouches, ni les oiseaux muets. Ni le ciel devenu noir qui roule sur lui-même. Comment est-ce possible ? Mama chante, chevilles et poings liés, œil tuméfié, pommettes sanglantes. Chante à côté de papa dont la figure et la poitrine sont une plaie. Chante devant la natte bleue qu'elle a suspendue ce matin à la branche d'un figuier.

Il n'y a que notre mère pour faire ça. Chanter alors que la mort la regarde droit dans les yeux. Nous maintenir vivants, même si le pire nous attend.

Les rebelles nous flanquent des armes dans les mains et lui jappent de se taire. Mais elle continue jusqu'à ce qu'un homme la bâillonne.

Il porte un uniforme, une casquette militaire et des lunettes de soleil. Il est tellement grand qu'il fait froid dans son ombre. C'est lui, le chef des rebelles. Lorsqu'il parle, les autres se taisent et le regardent comme un roi.

— Aujourd'hui, je suis généreux ! lance-t-il. Je vais vous faire un cadeau !

Il sourit en montrant ses dents, lâche mama, s'avance d'un pas lent.

— Vous avez de la chance, petits ! Je vous offre la vie !

Nos doigts se crispent, nos armes tressautent, les hommes ricanent.

— Hélas, rien n'est gratuit. Mon cadeau a un prix.

Il dirige le canon de nos fusils sur nos parents.

— C'est vous ou eux. Le choix vous appartient.

Nos jambes se dérobent, des serres nous broient les entrailles.

— Tuez-les !

Je tremble fort, je pleure, pleure, et Soulaï tremble et pleure. « AH NON ! on crie en dedans. AH NON, NON, NON ! » Nos têtes remuent à droite, à gauche, à droite, à gauche. J'entends une figue tomber par terre, on dirait un bruit de tonnerre.

— Vous préférez que je m'en charge ?

Le chef attrape nos épaules et chuchote d'une voix douce, terrifiante :

— Seulement, moi, je les achèverai à la machette.

Il sourit.

— Ils souffriront beaucoup.

Il désigne nos armes du menton.

— Allez !

Mon cœur cogne pareil que le pilon, POW-POW-POW, il sort de ma poitrine.

Papa se redresse péniblement et nous encourage d'un sourire. Sa grimace douloureuse nous consume.

À l'intérieur des prunelles de mama, les étoiles brillent plus que d'habitude. Elle ordonne d'une voix ferme :

— Soulaï, Nekeli, vous devez le faire.

Elle n'a pas dit « il faudrait ».

Un gémissement m'échappe. Je ne pourrai jamais. Autour de nous, les rebelles s'agitent et vocifèrent.

— Le caillou blanc, souffle mon frère entre ses dents. Vise le caillou blanc.

Je le vois, ce caillou lisse et rond. Une main invisible l'a posé cinq pas devant moi.

Nous levons nos fusils. La sueur inonde mon front. La morve coule sur mon menton. Je fixe ma cible.

— Maintenant ! dit mama.

Nos doigts pressent la détente.

J'entends.

TAC TAC

Très loin.

TAC

TAC-TAC.

Le caillou blanc explose dans une gerbe de terre. La poussière nous aveugle puis retombe lentement. Sur la branche du figuier, le vent agite la natte bleue éclaboussée de sang.

Un voile sombre se déploie devant nous, l'air se gorge de silence. Nous sommes des troncs foudroyés, piqués sur le sol, la cime explosée.

Le chef prend les fusils. Il les prend, il les jette. Il nous attire contre lui. Nous serre fort. Fort. Avec nos nez dans son odeur qui donne envie de vomir. Il caresse nos nuques. Doucement. Il caresse.

Il murmure, avec sa voix gentille terrible :

— Le passé est le passé, vous serez bientôt des rebelles de l'armée de Grand Cobra.

Puis il nous lâche, puis il rigole.

Ses hommes poussent des cris de joie, « AYAYA ! ». Après, je ne sais plus. Après, des mains nous poussent dans un gros véhicule, sur des corps tétanisés de terreur. Il y a mon amie Temona et le grand Koffi qui pleure, d'autres encore, Zey, Edoh, Kofala, Bakari, Nyele et Kadi, le petit Noumou, Chacha, et un amas d'enfants que je ne connais pas, tous étouffés d'horreur. Après, les guerriers chargent des sacs et des sacs et des chèvres mortes. Après, « AYAYA ! » ils tirent en l'air et incendient le village. Après, ils grimpent à côté de nous, d'un bond. D'un bond, comme des sauterelles noires. Le moteur ronfle et le camion part. Les larmes sur nos figures. Les coups de crosse sur nos épaules.

— On ne chiale pas dans l'armée de Grand Cobra !

Les hommes nous crachent au visage. Nous, on pose nos bras sur nos crânes pour les empêcher d'exploser.

Je vois là-bas, dans un trou de la bâche, je vois derrière. Les cases s'embrasent, les flammes lèchent les arbres, les champs et nos morts. Tous ceux que nous abandonnons sans chants ni prières, sans un baiser, sans un regard. Et sans tombes. Alors l'esprit du ciel semble saisi de rage. L'air résonne d'un grondement sauvage, des éclairs jaillissent, la foudre nous poursuit, un immense marteau frappe la terre. Frappe, frappe, frappe ! Les nuages crèvent et s'éventrent, lâchent des torrents en crue. La toile sur la remorque se déchire, les lambeaux s'envolent, l'eau se déverse sur nos têtes, sur nos épaules, sur nos jambes, sur notre douleur. Le ciel pleure pour nous, il hurle et se débat. Les roues du camion dérapent dans la boue, patinent, accélèrent, nous emportent malgré tout.

Soulaï presse ses mains sur mes joues, me transperce d'un regard fou. « Tout est perdu, Nekeli, disent ses yeux, personne ne nous sauvera puisque même le plus terrible des orages ne peut rien pour nous. »

3

Notre village est le dernier au bout de la piste. Les rebelles ont dévasté tous les autres avant d'arriver chez nous. Quand le camion les traverse, les hommes se donnent de grandes tapes sur l'épaule et applaudissent le spectacle : des tas de décombres et de suie désertés par la vie.

Les cous se tendent, les regards fouillent, c'est là qu'habitaient les autres enfants prisonniers. Ils se dévissent la tête, cherchent à apercevoir un père, une mère, quelqu'un. Impossible : tout a brûlé. Ils le savent mais ils espèrent. Qu'un des leurs renaîtra de ses cendres et s'élancera sur la piste. Ils se tendent, ils fouillent. Fouillent, se tendent et se résignent. Leurs yeux s'éteignent. Comme ceux de mon frère qui se laisse secouer par le camion, en avant, en arrière, en avant, en arrière, la tête dans les épaules, les bras noués autour de ses genoux. Je voudrais le serrer contre ma poitrine, lui dire : « Ce n'est pas de ta faute, Soulaï, tu n'avais pas le choix. Pardon, pardon, pardonne-moi. »

Je reste sans voix. Il a tiré. Seul. Tiré sur nos parents. Je l'ai trahi, j'ai visé le caillou blanc.

La piste est pleine de bosses et ne s'arrête jamais. Moi, je pose mon regard sur chacune des choses pour essayer de penser comme papa me l'a appris. Dans les détails, avec des mots-rivières qui rendent tout vivant parce que la vie est partout. Même dans l'air et les cailloux.

Seulement aujourd'hui, papa est mort. Mama est morte. Lulu est morte. Grand-ma' est morte. Le village entier est mort. C'est impossible de regarder paisiblement la vie et de laisser couler le langage dans ma tête.

Les mots crient : « Non, non ! On ne pourra plus raconter, jamais, on ne pourra plus devenir une source, ni un ruisseau, ni un fleuve. Ton existence a volé en éclats et chaque morceau que tu chercheras à ramasser t'écorchera. Toi aussi, tu as été tuée, la voilà la vérité. Mais tu n'arrives pas à mourir. »

Pour ne pas réfléchir à ce qu'ils viennent de dire, j'écoute le bruit des roues. Le camion fait une embardée, le chef hurle contre le chauffeur dans la cabine aux vitres explosées. Un chien détale, franchit un fossé, et nous évitons de justesse un monceau de tôles carbonisées d'où dépasse la portière d'un véhicule militaire. Plus loin, plantés dans la terre autour d'un charnier, des petits drapeaux du gouvernement pleurent la défaite de l'armée régulière.

Soulaï ne voit rien de tout cela, il est comme un grelot cassé. Alors je cesse de lutter contre mes yeux, les mots, et les remous dans ma tête. Je m'étourdis de vide.

Nous quittons la piste au soleil couchant. Le chauffeur se gare à côté d'autres camions, avec des toiles déchirées sur leurs remorques et tellement de rouille partout qu'on dirait de grosses bêtes blessées.

Derrière les arbres, j'aperçois un village de pêcheurs. Il y a des cases aux murs de roseaux et aux toits de chaume, comme les nôtres. Mais au lieu d'être construites sur la terre, elles sont perchées sur des jambes en bois enfoncées dans le fleuve. Je me doute bien qu'il n'y a plus de pêcheurs, parce que les maisons grouillent de rebelles. Ils arrivent en courant et un garçon se précipite pour ouvrir la portière de la cabine. Mais le chef ne descend pas, il reste debout sur le marchepied, avec tous les autres qui le regardent d'en bas. Il crie d'une voix tellement puissante que mes oreilles ont mal :

— Soldats Frelons, je voulais du sang, vous m'avez donné du sang !

— AYAYA ! crient les hommes.

— Vous avez liquidé ces ordures de gouvernementaux et aujourd'hui vos frères vous ramènent des vivres, des armes, des munitions, et des cascades de vin de palme !

— AYAYA !

— J'ai une bonne nouvelle pour vous, soldats Frelons ! Demain, vous rentrerez dans vos bases !

— AYAYA ! Vive le commandant Soussa !

Ils lèvent leurs fusils en l'air. Tous ensemble. Ils frappent le ciel.

Le chef sourit avec ses dents partout dans sa bouche, et leur fait signe qu'il a quelque chose à ajouter. Grand silence. Il nous montre du doigt, tremblants et mouillés au fond de la remorque.

— Dans notre immense bonté, nous avons épargné ce ramassis de chiens ! Je compte sur vous pour les dresser.

Il crache par terre.

— Souvenez-vous que dans l'armée de Grand Cobra les chiens battus deviennent des chiens enragés.

Il ajoute, en sautant du marchepied :

— Et, je ne vous apprends rien, les chiens enragés font les meilleurs rebelles !

Ceux qu'il appelle les Frelons rigolent, rigolent comme s'ils avaient entendu la blague la plus marrante du monde. Leurs rires m'écorchent et me dépècent.

Ils nous ordonnent de descendre du camion et de nous asseoir sous des arbres. Des garçons en treillis graisseux et chaussures pleines de trous nous distribuent de l'eau au goût de boue et des galettes ramollies par la pluie. Ils nous observent avec des yeux de colère, nous buvons et nous mastiquons, sans soif et sans faim. Ensuite ils nous escortent dans un fourré pour faire nos besoins et nos corps obéissent, comme s'il était naturel d'être regardé dans cette position. « C'est donc vrai, je me dis, c'est donc vrai que nous sommes en vie. »

Les rebelles font rôtir les cadavres de nos chèvres sur un lit de braises. L'odeur de la viande attire un chien affamé. D'un coup de pistolet, le chef lui brûle la cervelle. Nos mains se plaquent sur nos oreilles, mais ça ne sert à rien. Le cri des armes s'est inscrit en nous. Même quand elles se taisent, nous entendons le sang jaillir de leurs bouches et les os se briser dans leurs canons.

Nos têtes bourdonnent, nous n'en pouvons plus. Nous nous tassons sur nous-mêmes. Seul Koffi se tord les mains et renifle bruyamment.

— La ferme ! lui gueule un homme.

Il ne l'entend pas, pousse des gémissements déchirants et se roule par terre. « Tchiiit ! » lui soufflent Chacha et Bakari. Il s'en fiche et continue son chahut. Celui qui lui a dit de se taire pose sa main sur sa machette. « Il va nous faire massacrer ! » murmure un prisonnier. J'ignore quelle rage me prend, ou quelle terreur plus grande encore, je me redresse d'un bond, m'abats sur lui et le gifle à toute volée. Moi qui n'ai jamais frappé personne ! Le plus étonnant, c'est qu'il se tait, la bouche grande ouverte. Il ne cherche même pas à me repousser.

— Regardez comme cette moitié de fille l'a maté ! lance le chef.

Il mâchonne l'intérieur de ses joues et m'observe derrière ses lunettes avec des verres comme des flaques figées. Tout le monde tourne la tête dans ma direction. Il se lève et s'avance jusqu'à ce que ses semelles touchent mes pieds. Puis il attrape mon visage entre ses doigts et sa pagaille de dents commence à sourire. Mes yeux sortent de ma tête, ça change de couleur tout autour, mon corps lourd flotte au-dessus de moi-même. Cette fois, je crois bien que je suis morte, mais peut-être que je suis vivante.

— Tu sais comment je m'appelle ?

Sa voix est douce terrible, comme après la mort de papa et mama.

Je pense : « Le chef, il s'appelle. » Heureusement, je ne parle pas à cause de ma gorge bloquée. « N'importe quoi ! s'énerve ma voix muette. C'est pas ça ! » Je cherche, cherche, rien ne me vient. Je n'arrive plus à respirer, des taches noires clignotent dans l'air, le chef approche son odeur encore plus près de mon nez.

— Je suis le commandant Soussa, tu entends ?

Je fais oui oui oui avec mon menton.

— Répète !

Ses doigts serrent fort mes joues.

— Commandant Soussa.

— Bien... Et toi ? il demande. Tu as un nom, hein ?

— Nekeli, ma bouche dit.

Il enlève ses mains de ma figure. J'ai envie de frotter ma peau pour enlever ses traces.

Il siffle :

— C'est fini, ton nom de Nekeli. Moi, je t'appellerai Tigresse.

Ses Frelons s'esclaffent et il retourne manger avec eux. Je m'effondre à côté de Koffi, les membres raidis, aussi durs et secs que la pierre. Soulaï accroche son regard au mien. Je baisse les yeux.

Je reste un rocher longtemps.

Tard dans le soir, les rebelles s'agitent. Ils nous entravent les chevilles et les poignets et on doit dormir comme ça. Moi, je ne peux pas. Mes muscles et mes os se souviennent qu'on les a frappés toute la journée, ils crient la souffrance dans mon corps. Je me mords les lèvres, je me tortille, mais ma peau brûle, des crocs d'acier me transpercent. Je suffoque, je griffe la terre, j'ouvre la bouche. Ma bouche, c'est un trou. La joue de mon frère se pose sur mes lèvres.

— Nekelaïsouli, murmure-t-il, écoute...

Il rampe plus près, colle sa poitrine contre mon oreille. Inspire, expire. Lentement. Les battements sous sa peau ressemblent au son que font les ailes des oiseaux venus des terres lointaines. Au début, on les entend à peine, puis elles envahissent l'air, flap-flap, flap-flap, le brassent, le caressent, l'envaguent de vent, fraîches et légères. Ce cœur est mon cœur. Je respire, flap-flap, flap-flap. Je ne pense plus à rien. Entre les cimes, un carré de nuit scintillant d'étoiles nous aspire.

— Soulinekelaï, je chuchote à mon frère, si nous restons l'un contre l'autre, bien serrés, la mort ne saura pas où se mettre.

Le sommeil nous emporte, mais la vision de nos parents qui s'écroulent sous les balles nous réveille en sursaut. Noumou et Temona remuent à nos côtés, ils ne dorment pas non plus. Ni aucun des prisonniers. Nous restons étendus, les yeux grands ouverts, à écouter les moustiques. Les souvenirs nous poignardent, nos mains tremblent, nos dents claquent. Je me colle contre Soulaï, je lutte de toutes mes forces en écoutant battre notre cœur.

*

Dès le petit jour, les Frelons nous détachent. Il faut se lever sous une grêle de coups, courir jusqu'à la berge et sauter dans de grosses barques à moteur qui attendent sur le fleuve. Nous obéissons et nous pleurons sans larmes.

« Regarde les détails, souffle l'âme de papa, pense les mots-rivières. »

Alors je m'oblige.

Le soleil. Les oiseaux. L'eau. Les feuilles. Le vent. Les couleurs.

Le soleil navigue quelque part derrière les troncs, les oiseaux jacassent dans les branches, l'eau et les feuilles bruissent sous le vent, tout est brun, vert et doré. Il semble impossible que la guerre ait débarqué là. L'aurore n'est qu'une simple aurore, mais le monde s'est partagé en deux. D'un côté, la nature et les animaux vivent leur existence de plantes et de bêtes. De l'autre, les hommes s'entre-tuent.

Les embarcations filent aussi vite que des poissons volants, nous sommes entassés au fond des coques, les Frelons debout, leurs fusils sur nous. L'odeur de l'essence m'irrite la gorge, me soulève le ventre. Peu à peu, la lumière s'épaissit, nous quittons le fleuve pour remonter une rivière qui s'enfonce dans la forêt.

Je sens pointer les genoux de Soulaï et de Temona dans mon dos, Noumou se colle à mon flanc, je le laisse faire. Pourquoi l'ont-ils pris ? Il n'a même pas huit ans ! Je replie mes jambes et je sens quelque chose me piquer la cuisse. Ma main plonge dans la poche de ma robe d'un geste si lent que personne ne le remarque. Mes doigts effleurent une poignée de minuscules coquillages. Des coquillages de chez nous. Souvent je fais ça sans m'en rendre compte, je remplis mes poches en marchant dans la rivière. Le soir, j'entasse mes trésors à côté de ma natte. Mama dit qu'avec tous ces grigris il ne pourra jamais rien m'arriver de terrible. Maintenant elle est morte et mes fétiches sont partis en fumée. C'est dans son boubou que j'aurais dû les glisser. Ô Mama, ma petite mama, sens-tu combien je manque de toi ?

Les moteurs ralentissent et les Frelons crient. C'est tout ce qu'ils savent faire : hurler dans nos oreilles et détruire nos vies. Nous accostons sur une rive encerclée d'arbres géants, avec des branches qui montent, d'autres qui pendent, et tellement de feuilles que l'air ne passe pas à travers. Les rebelles déchargent des paquets et des prisonniers. Parmi eux, il y a Zey, Kadi et Edoh.

Nous ne pouvons pas leur dire adieu, juste les observer en cachette, nos bras devant nos yeux. Edoh est le troisième fils de tonton Moké. Il voulait devenir boucher, comme son père. Zey ne parle pas beaucoup, il préfère chanter. Kadi est la plus agile et la plus adroite des filles du village, elle grimpe au sommet du grand manguier sans effort et fabrique de merveilleuses poupées de maïs. Nous ne les reverrons plus, c'est sûr. J'aimerais prier les esprits de la rivière et de la forêt d'ici de les protéger, mais ça ne se fait pas de s'adresser à des esprits étrangers sans leur avoir été présenté. Alors je confie mes amis à nos ancêtres et à l'âme de leurs parents, tonton Moké, mama Ngonda, tonton Angolo, mama Miezi, tonton Naba et mama Gnègnè. Je prononce leurs noms dans ma tête parce que c'est important de nommer ceux qui sont morts. Pour qu'ils restent quelqu'un et existent encore.

Les bateaux repartent avec nous dedans et les autres restent au bord de la forêt. De chaque côté de la rivière, les branches s'étirent au-dessus de nos têtes. Leurs feuillages se touchent, leurs ramures se nouent. Elles ressemblent à des doigts étrangleurs. La lumière du jour s'éteint, comme si nous naviguions dans un souterrain. J'imagine un monstre tapi au fond de ce terrier, avec des griffes plus larges que des machettes. Il va bondir et me trancher la gorge. Je ferme les paupières pour le chasser, mais ses yeux phosphorescents me guettent.

Les bateaux font de nouveau halte le long d'une petite plage de boue noire. Cette fois, les Frelons débarquent Bakari et Kofala avec d'autres enfants. J'ai soudain très peur qu'on m'arrache à Soulaï. Je referme les doigts sur mes coquillages et leur parle à l'intérieur : « Grigris, je vous serre dans mon poing, je vous cache dans chacun de mes mots, dans la petite pirogue de mes paupières, dans ma bouche close et partout où mon regard se pose. Grigris, je vous garde bien au chaud avec mon frère Soulaï, je vous enfouis en dedans de moi, puis je m'y réfugie. Gardez-nous ensemble, je vous en supplie. » Je répète ma prière jusqu'à ce que les moteurs pétaradent.

Ma poitrine se serre. Adieu Bakari qui est un peu amoureux de moi, adieu Kofala qui aime Bakari. Je demande à leurs familles et aux ancêtres de les garder unis. Je caresse mes grigris et respire un peu. Mon frère est assis derrière moi, le menton sur ses genoux. Les rebelles ne l'ont pas pris.

4

— Allez, plus vite, bande de chiens ! Grouillez-vous !

Nous sommes arrivés dans le ventre de la forêt. On nous extirpe violemment de la barque. Chacha est rossé pour avoir glissé, une longue coupure lui balafre la joue. Les rebelles sont le mal incarné, ils se gargarisent de sang, se rassasient de hurlements. Mais ils peuvent nous frapper encore et encore, pas une plainte ne franchit la barrière de nos lèvres.

Le commandant Soussa sort le dernier du bateau. Je ne l'appelle plus « le chef » pour me souvenir de son nom. Nous sommes une douzaine de prisonniers. Tous des enfants. De notre village ne restent que Chacha, Noumou, Temona, Nyele, le grand Koffi, Soulaï et moi. Trois filles et quatre garçons.

— Enfilez ça !

Un rebelle nous jette des bottes en caoutchouc. Nous les chaussons à la hâte, nos pieds flottent dedans. On nous charge le dos de lourds ballots et nous faisons tous cercle autour d'un homme couvert d'amulettes et coiffé d'un bonnet rouge cousu de cauris. Il était assis dans la cabine du camion, hier. Les Frelons le respectent presque autant que le commandant Soussa. Il étale un tissu crasseux sur le sol et y déverse des coquilles et des plumes. Puis il fait brûler des écorces dans un petit bol et inhale la fumée. Son front se plisse, ses mâchoires se contractent, des grognements s'échappent de ses lèvres. J'ai peur parce qu'on dirait que sa voix ne vient de nulle part. Soudain son corps se tend, secoué de spasmes, ses yeux se révulsent et un feulement inhumain s'échappe de sa gorge. Des cris d'alarme retentissent dans les arbres, des singes affolés bondissent et une nuée d'oiseaux jaunes s'envolent. D'un index tremblant, le sorcier indique une direction. Aussitôt, des Frelons ouvrent un passage à la machette dans les branchages, d'autres nous braillent de les suivre, notre colonne s'ébranle. Derrière nous, le vrombissement des moteurs retentit puis diminue au fur et à mesure que les barques s'éloignent.

Nous marchons dans une pénombre chargée de buée grise. Il fait incroyablement chaud et tout semble humide. Je me sens happée par les feuillages rampants. Des tiges s'enroulent autour de mes jambes, des crochets griffent ma peau, les cordes de mon fardeau me scient les épaules et je trébuche sans cesse sur des racines plus grosses que mes bras. Chacune de mes chutes me vaut une rafale d'insultes et de coups. J'ignore comment mon corps tient encore debout. Mes muscles sont lourds, mon esprit se ferme. Plus rien ne m'arrive, plus rien ne m'atteint. Je deviens étrangère au monde. Le seul son que mes oreilles consentent à entendre, c'est celui du pas de Soulaï derrière moi.

Nous sommes un cortège d'âmes éteintes, une masse compacte à la dérive, un long mille-pattes dont le cœur inquiet bat au rythme de notre marche.

Et cela dure des heures, des jours. La forêt semble sans fin, les lianes ressemblent aux lianes, les troncs aux troncs, il n'y a presque pas de fleurs, seules quelques maigres orchidées pâles et fatiguées. Parfois nous nous arrêtons et l'obscurité devient telle que nous comprenons que la nuit est tombée. Impossible d'allumer le moindre feu à cause de l'eau qui suinte du ciel et de la terre. Les Frelons utilisent des lampes torches, installent un bivouac sommaire, puis piochent de la nourriture froide dans des boîtes en fer, mais ils ne nous donnent rien. J'ai faim, je ne pense qu'à mon ventre et aux crampes qui creusent dedans. Même boire de l'eau est douloureux. Nous nous regardons avec des yeux d'enragés, nous, les prisonniers. Ça pagaille dans notre tête, sans arrêt, sans arrêt. Si on voit quelqu'un manger de la terre et des feuilles, comme nous, on a envie de le frapper. « Arrête de faire la bête ! » veut-on lui crier. Nous sommes devenus des animaux, et nous éloignons le plus possible les uns des autres pour ne pas nous battre. Moi, je peux toucher Soulaï, Noumou et Temona, c'est tout. Les autres, je voudrais les mordre.

Même Chacha et Koffi de notre village. Même la gentille Nyele. Alors qu'avant les rebelles, je jouais avec elle.

Après le repas des hommes, le sorcier éructe en agitant des bracelets de grelots pour chasser les mauvais esprits. Je le hais, c'est un démon. La nuit, il dort dans un hamac, comme le commandant Soussa. Il faudrait qu'un serpent l'étouffe ou qu'un guépard le dévore, mais les sentinelles surveillent le campement, avec leurs lampes sur le front et leurs armes en avant. Recroquevillée par terre, j'écoute les respirations. Personne ne résiste à la fatigue, Soulaï aussi s'endort. C'est à ce moment-là que j'ai le plus peur. Quand la forêt nous digère. Parce qu'elle est vivante et vorace. Elle se nourrit de nos terreurs. J'entends des froissements, des rumeurs, des cris stridents, des mastications mouillées, des craquements, des souffles et des sifflements. Je devine les créatures qui se faufilent au-dessus de nos têtes. Elles craignent les hommes, ils sont trop nombreux et peuvent faire pleuvoir sur elles le feu qui tue. Mais elles nous suivent à la trace et nous épient, griffes sorties, babines retroussées sur leurs crocs. Je reste à l'affût, les yeux aveugles, le corps tendu, jusqu'à ce que mon esprit s'engourdisse et que l'image de la natte bleue éclaboussée de sang remplace celle des bêtes féroces.

*

C'est un matin, nous venons de repartir, quand un petit de l'âge de Noumou s'écroule devant Temona. Les gifles ne le relèvent pas, les menaces non plus. Il sanglote, roulé en boule, en appelant sa mère. Deux rebelles l'empoignent, le secouent, le remettent à la verticale. Mais il s'effondre et la litanie de ses « Mama, mama ! » se répercute d'un arbre à l'autre, franchit les branches, s'élève jusqu'aux cimes, éclate dans le ciel que l'on ne voit pas mais qui existe encore, car il ne peut en être autrement.

— Imbécile ! crie le commandant Soussa. On va bientôt arriver à la base !

Le petit pleure, pleure, alors le chef soupire bruyamment, brandit son pistolet et lui loge une balle dans la tête. Comme ça. PAN ! Pareil qu'avec le chien.

Je détourne mon visage, Temona m'agrippe le bras, Soulaï les épaules, je plaque une main sur les yeux de Noumou. Les autres prisonniers sont sous le choc, je le vois sur leurs figures. On a vu mourir nos mamas et nos papas, mais ça n'empêche pas la peur de secousser nos corps. Nous aussi, on voudrait pleurer et appeler, on pourrait tous être le petit mort couché là.

— Le passé est le passé, rentrez-vous ça dans le crâne ! s'énerve le commandant Soussa. Bientôt vous aurez d'autres papas et d'autres mamas !

Il éclate d'un rire énorme qui étouffe l'écho de tout. Ses Frelons rigolent avec lui et nous refoulons nos larmes. Parce qu'il est fou et que si nous sommes encore vivants, ce n'est pas pour mourir maintenant, mais garder en nous la mémoire de nos mères et celle de l'enfant.

Nous abandonnons le cadavre dans la boue, la forêt l'engloutit. Notre marche reprend, pénible et harassante. Un peu avant la nuit, nous arrivons à la base du commandant Soussa : un village bâti au cœur d'une trouée, adossé à un mont couvert de végétation. Mais son sommet chauve et arrondi ressemble au crâne d'un vieillard.

Des poules caquètent dans un enclos, des chèvres sont parquées sous un arbre, des plantations s'étendent derrière des cases et des tentes. Quelques femmes vaquent à leurs corvées domestiques, certaines portent des bébés sur leur dos, de petits enfants nus jouent dans la poussière, des sentinelles lourdement armées gardent le camp et lancent des « AYAYA ! » retentissants en nous apercevant.

Aussitôt, des dizaines d'hommes accourent. Il en sort de partout ! Ils acclament leur chef, se pressent autour de lui, lancent des bourrades amicales aux Frelons, s'agitent, rient et parlent tous en même temps. Ils ne ressemblent pas aux soldats en uniforme de l'armée régulière. Leurs vêtements sont couverts d'amulettes. Il y en a en tenue de camouflage avec des chaussures rafistolées n'importe comment, d'autres en costume militaire rapiécé. Les chemises des plus jeunes sont tellement usées que des fenêtres de fils s'ouvrent sous leurs bras.

Sur la figure du commandant Soussa, un sourire se dessine. Un vrai, qui signifie qu'il est content de rentrer chez lui. Il fait un geste dans notre direction et des garçons un peu plus âgés que nous se précipitent en braillant, nous poussent à l'intérieur d'une grande hutte recouverte d'une bâche où nous déposons nos ravitaillements. Puis ils nous regroupent sur une place à côté d'un puits et là, tout le monde mange : les Frelons, leur chef, et nous aussi ! Une femme me tend un bol rempli d'un potage épais et fumant où flottent des morceaux de viande. Je l'engloutis. Il est un peu amer mais je le trouve délicieux. J'ai envie de pleurer de bonheur, même si la vie n'est pas joyeuse. Mon ventre est tellement heureux ! La femme me ressert et je lape un peu moins vite. La saveur reste plus longtemps sur ma langue et quand elle s'est évanouie ma bouche s'en souvient. Ensuite le commandant fait circuler des calebasses de vin de palme. Il dit :

— Les recrues ont le droit d'en boire.

Les recrues, c'est le nom de rebelle des enfants prisonniers.

Quand la gourde arrive dans mes mains, j'en avale une copieuse rasade que je recrache aussitôt par le nez. Nga-yiiii ! C'est aigre, et âpre et fort ! Les larmes giclent de mes yeux, les Frelons explosent de rire.

— Allez Tigresse, recommence ! m'ordonne le commandant Soussa.

Je déteste qu'il m'appelle comme ça. Je me force à ingurgiter deux gorgées les yeux piquants, puis je tends le récipient à Soulaï. Lui aussi tousse quand l'alcool passe dans sa gorge. Noumou absorbe docilement le breuvage. Il ne s'étrangle pas. « AYAYA ! »

Les hommes parlent entre eux devant le feu, les enfants courent partout, l'air est presque frais. Le poids dans ma poitrine s'allège, le décor bascule, les silhouettes deviennent floues. Je pose ma tête contre l'épaule de mon frère et les choses me paraissent moins graves. Et puis je vois enfin le ciel. Il spirale d'étoiles. Je suis éblouie, mon cœur bat aussi fort que le tam-tam des fêtes rituelles. Je transpire et je me rappelle comment c'était, les danses au village. Tout le monde ruisselait de sueur à force de remuer. Les vieux, les parents et les jeunes rigolaient et mangeaient le poisson, la patate à l'huile de palme, les œufs et la soupe pimentée qui enflammait la gorge. Ensuite mama chantait la chanson du géant de l'eau avec sa voix tellement pure et forte qu'on ne pouvait que fermer nos becs pour l'écouter. Moi aussi je suis une géante, mes mains sont capables d'arracher des arbres et de changer le sens du courant des rivières. D'un pas, je peux enjamber la forêt.

— Lève-toi !

Je me frotte les yeux.

— Lève-toi, je te dis !

Une grande femme est penchée au-dessus de mon visage. Temona chancelle, debout à côté d'elle, avec Nyele et d'autres filles captives. Leurs yeux brillent, elles sont devenues invincibles, comme moi.

— Allez, bouge !

J'ai du mal à comprendre ce que veut la femme. Elle s'énerve, me tire par le bras. Le commandant Soussa lui fait signe de me lâcher.

— Tigresse reste avec son frère, dit-il, je la réserve à Grand Cobra. Celui qui la touche... PAN !

Le brasier se reflète dans le miroir des verres de ses lunettes. Je ne comprends pas ce que ses paroles signifient. J'entends sa voix, mais les mots restent en dehors de moi. J'ai la tête brûlante de vin de palme.

La femme hausse les épaules et pousse les filles du côté des cases. Deux grands garçons viennent me chercher avec Soulaï et Noumou. Nous les suivons en marchant de travers. Leurs lanternes éclairent le sol, ils nous guident jusqu'à une tente.

— Vous habiterez là, déclare le plus costaud. Avec nous.

L'autre nous pousse à l'intérieur. Cinq nattes sont entassées dans un coin. Il y a des moustiques partout qui tournent. Partout, partout.

— Si vous cherchez à fuir...

Le garçon passe son index sur sa gorge.

— On vous découpe en morceaux et on vous donne à bouffer aux singes de la forêt.

Je me dis en moi-même que ça, c'est vraiment marrant. On sait bien que les singes de la forêt mangent des feuilles, pas des lamelles d'enfant ! On les a assez vus faire. Noumou me regarde et s'esclaffe silencieusement, la bouche ouverte en forme de rire. Je fais pareil, je ne peux pas me retenir. À l'intérieur, je tressaute comme si je pleurais avec des larmes invisibles et des frissons plein le corps.

Soulaï se jette sur nous.

— Arrêtez ! Arrêtez-vous !

Mais les garçons rient à leur tour et l'un d'eux me lance une natte. Je la déroule, me pelotonne dessus et tombe d'un coup dans le sommeil.

Au milieu de la nuit, j'entends des hurlements stridents. Parmi eux, je reconnais la voix de Temona. Elle est en danger, j'en suis sûre, en danger de mort ! Je veux me lever et courir à son secours, mais un marteau m'écrase le crâne et mes jambes refusent de m'obéir. Temona est mon amie, je lui dois ma vie. Un jour, il y a longtemps, son grand frère Akouété nous a emmenées faire une promenade en pirogue. Debout à l'avant de la coque, je chantais à tue-tête : « Je suis la reine des eaux ! » « Tiens-toi tranquille », m'a ordonné Akouété. Mais je ne l'ai pas écouté et je suis tombée du bateau. Le courant était fort, l'esprit de la rivière m'entraînait. Temona a plongé, son frère n'a pas eu le temps de réagir. Elle a nagé jusqu'à moi, m'a attrapée par le cou et m'a ramenée jusqu'à la barque.

J'ouvre les yeux. J'ai dû rêver, il n'y a que les moustiques qui font du bruit. Ma tête bourdonne, mes paupières sont lourdeur, je ne cherche pas à résister. Je pars retrouver les eaux cuivrées de chez nous. Elles me portent, je m'enfonce dans leur tiédeur. Je dérive longtemps, le monde est liquide. À la surface, les ondes émiettent le reflet des arbres. Une sirène brune au ventre d'or me rejoint et m'entraîne sous la caresse des algues. La houle nous berce, des myriades de poissons ondulent dans le courant. Nous jouons à frôler leurs écailles lorsqu'une ombre s'abat sur nous. Un vertige me gagne, je remonte à l'air libre tandis que la sirène coule vers le fond, et sombre. Temona !

Je sursaute, le corps baigné de sueur.

— Nekeli, réveille-toi !

Affolé, Soulaï me secoue. J'ouvre les paupières. Il fait petit jour. Tournées vers nous, les silhouettes des deux garçons se découpent dans la lumière verte.

— Elle... elle a rêvé, bredouille mon frère. À cause du vin de palme.

— C'est le lait magique, affirme le plus grand. Les femmes en ont versé dans la soupe des filles.

Il boutonne sa chemise cousue d'amulettes, comme celle de tous les rebelles.

Soulaï n'ose pas l'interroger mais moi, j'ai compris. Le lait magique brouille les messages de la terre et des airs, mélange les sens et les sons, éloigne la peur et rend fort. Jusqu'à ce que la réalité nous rattrape et avec elle les cauchemars.

Les garçons nous racontent leur histoire. Ils s'appellent Obi et Mongo, combattent dans l'armée de Grand Cobra depuis deux ans et viennent du même endroit. Les rebelles ont massacré leurs familles et coupé l'oreille droite de tous les garçons de leur village avant de les recruter.

— Nous sommes les seuls à ne pas les avoir suppliés d'arrêter, se vante Obi. On a crié mais on est restés dignes.

— Comme des vrais guerriers ! confirme Mongo. Les autres auraient dû faire comme nous, ça leur aurait évité une balle dans la tête.

Je pense au petit garçon exécuté par le commandant Soussa dans la forêt. Je n'ai confié son âme à personne, je n'y ai pas pensé.

Obi et Mongo gloussent, écartent leurs cheveux nattés et exhibent leurs mutilations : des trous bordés de bourrelets de chair. J'ai du mal à avaler ma salive, Soulaï serre les dents. Heureusement Noumou dort encore.

Les garçons ne regrettent pas leur vie d'avant, ils sont sûrs que bientôt nous serons comme eux, fiers d'être des rebelles de Grand Cobra et de défendre notre pays contre cette ordure de président qui s'en met plein les poches et ne respecte pas son peuple.

Je croise le regard de mon frère.

— Il faudra qu'on assassine des gens ? se risque-t-il à demander.

Nous connaissons la réponse mais nous voulons l'entendre.

— Qu'est-ce que tu crois ? Qu'on vous a enrôlés pour traire des chèvres ?

Obi sourit, soulève sa chemise et nous montre son dos couvert d'entailles.

— Une pour chaque vie !

Il y en a tant... Elles ressemblent à des ailes d'hirondelles bien alignées, prêtes à s'envoler.

— Faites pas cette tête, on en a tous ! C'est de la magie du sorcier pour nous protéger de l'âme des morts qui chercheraient vengeance. Ce sera bientôt votre tour. Le premier qu'on troue, ça rend malade, mais après on se sent puissant et on ne peut plus s'arrêter.

Soulaï ferme ses mains, elles deviennent des poings.

— Vous allez suivre l'entraînement, nous explique Mongo. Au début, faudra vous accrocher, mais vous pourrez bientôt plus lâcher vos kalachs !

— Nos kalachs ? murmure mon frère.

Obi s'esclaffe.

— D'où tu sors, toi ?

Il brandit son fusil.

— C'est ça, une kalach, paysan !

Un pli soucieux barre le front de Soulaï.

— Nekeli aussi en aura une ?

— Ouais ! s'enthousiasme Obi. La Tigresse va être une guerrière du commandant Soussa avant de devenir la femme de Grand Cobra !

Il se tourne vers moi et ajoute avant de quitter la tente :

— Tu as de la chance d'avoir été choisie pour épouser le père des rebelles, c'est un immense honneur.

Je tremble tellement fort à l'intérieur que j'ai peur que ma peau se détache de mes os. Mais je ne montre rien.

Mongo nous tend des vêtements. Des pantalons militaires raccourcis et des chemises en mauvais état pour remplacer nos habits cousus par mama. Du menton, il désigne Noumou.

— Réveillez-le et changez-vous. Le rassemblement est dans un quart d'heure.

Avant de sortir à son tour, il nous précise :

— Avec Obi, on vous a parlé parce qu'on est passés par là et qu'on ne va pas rester muets entre nous, mais dehors, on ne vous traitera pas mieux que les autres. Bouclez-la ou vous allez déguster. Y en a qui se font punir pour moins que ça et je vous jure qu'à côté du fouet du sergent, les coups de crosse, c'est des caresses !

5

L'entraînement est un supplice. Le sergent, là, celui qui nous dresse, c'est le diable. Et le bâton-fusil entre mes mains, il me brûle. J'ai tellement le feu dans mon corps que mon sang cuit. La sueur coule dans mes yeux, dans ma bouche, sur ma peau partout. Elle entre dans mes blessures et ça m'épine pareil que des ronces et des piqûres de moustiques.

« C'est seulement le premier jour, je me dis, comment je pourrai tenir demain ? »

Le soir, je m'écroule par terre dans la tente avec Soulaï et Noumou. On ne déroule pas nos nattes, boum ! on tombe en tas. Noumou s'endort aussitôt. Il est comme ça, il ferme les yeux et bascule dans le sommeil. C'est sa cachette secrète.

Avec Soulaï, on serre nos bras autour de nous pour calmer la douleur, mais nos os, on dirait qu'ils sont cassés. Obi et Mongo arrivent et on s'oblige à ne pas faire de bruit jusqu'à ce qu'ils s'endorment.

C'est terrible. On rentre notre langue au fond de notre bouche pour ne pas la mordre à cause de la souffrance.

— Si on veut s'en sortir, on ne doit pas être faibles, murmure mon frère quand l'écorchure nous laisse respirer.

Il bouge à peine les lèvres et ne parle pas plus fort que le souffle des garçons.

— On doit s'évader, mais pas n'importe comment.

Je suis d'accord avec lui. Nous ressemblons à des épaves de pirogues échouées dans la boue et nous ne savons pas nous diriger dans le labyrinthe des arbres. Si nous nous échappons demain ou bientôt, on nous rattrapera sans traîner. Et alors là, c'est sûr que le commandant Soussa ne se limitera pas à nous tirer une balle dans le front.

— Nous devons apprendre à survivre dans la forêt et devenir aussi résistants que les rebelles, je chuchote.

Mon frère pose sa joue contre la mienne.

— Quand nous serons prêts, Nekeli, nous partirons. Nous irons chercher les reliques sacrées des ancêtres.

— Nous le ferons. Pour papa, mama, Lulu et grand-ma'.

— Pour la mémoire du village.

Le lendemain et les jours d'après, mes doigts serrent ferme mon bâton-fusil et je force. Tout le temps je force. Je mets des pierres dans mes yeux et les mots-rivières ne coulent plus dans mon esprit. J'ai perdu le langage. Juste, je me répète dans ma tête avec mon frère : « Soulinekelaï, Nekelaïsouli, Soulinekelaï,

Nekelaïsouli », comme ça, toute la journée. Je l'entends, il m'entend, on ne dit rien d'autre. Sauf quand il faut menacer Noumou pendant les exercices.

Je pense de moins en moins à mama et à ma famille. Dès que leurs visages apparaissent, je les chasse et je me concentre sur l'entraînement.

Ça dure une semaine, deux semaines, trois, quatre, après je perds le compte. Ça s'étire longtemps, c'est tout ce que je sais. Rien que de la souffrance.

Et un jour, j'ignore comment, un jour, je m'habitue.

*

— Plus vite, sales chiens !

Nous courons pieds nus dans la forêt, nos bâtons-fusils entre les mains, des charges sur le dos. Il faut foncer entre les troncs, bondir par-dessus les racines géantes, se suspendre aux branches, éviter le piège des lianes. Tout ça sans faire de bruit et sans penser aux scorpions et aux serpents qui ont mordu deux recrues. Obi, Mongo, et d'autres jeunes rebelles nous encadrent. Leurs badines de bois vert nous cinglent les mollets, ils nous écrasent les orteils sous leurs grosses semelles, nous poussent dans des buissons de feuilles piquantes et n'ouvrent la bouche que pour glapir des menaces et des insultes. La plante de nos pieds ressemble à une écorce rugueuse et les cloques sur notre peau sont plus épaisses que de la corne. Je sens à peine les coups, mon corps est devenu sec et nerveux, mes membres souples et agiles. Mes yeux se posent ici, là, partout, saisissent le moindre mouvement. Mes oreilles sont constamment à l'affût, aucun son ne m'échappe, même le plus silencieux des insectes, je l'entends.

— Allez, demi-tour, c'est l'heure des pompes !

— Magnez-vous ou on vous explose la tête !

Nos doigts se crispent sur nos bâtons-fusils, nous accélérons. Nous bondissons tellement vite que les petits singes verts n'arrivent pas à nous rattraper.

Cinquante pompes, mains à plat sur la terre, nez dans la poussière, c'est ce que le sergent exige de nous à notre retour de la course dans la forêt.

Sans cesse, il nous crie :

— Est-ce que vous êtes des soldats, bande d'enflures ?

Et nous, on répond en même temps qu'on exécute les mouvements :

— Oui, sergent !

Ceux qui s'écroulent avant d'avoir terminé font le double. S'ils n'y arrivent pas, ils récoltent autant de coups de fouet qu'il manque de pompes. Au début de l'entraînement, trois recrues en sont mortes. Les plaies sur leur dos se sont infectées, la fièvre les a emportées.

Avec Soulaï, nous nous plaçons de chaque côté de Noumou pendant l'exercice et nous le menaçons entre nos dents : « Si tu abandonnes, on t'ouvre la poitrine et on t'arrache le cœur. » Il pousse frénétiquement sur ses bras pour soulever son petit minimum de corps qu'un coup de fouet pulvériserait. Le pire, c'est qu'il nous croit capables de mettre notre menace à exécution.

Ensuite, nous rampons des heures dans la boue, nous grimpons le long de poteaux pleins d'échardes, et nous filons entre les cases, vite, vite, un pied devant l'autre, à plat, aussi silencieux que des serpents.

« C'est ça, la force de l'armée de Grand Cobra, nous a dit Obi dans la tente, elle ne fait aucun bruit. Elle encercle feutrée coulée les ennemis qui se croient bien tranquilles et après, elle leur bondit sur le dos et elle les massacre. »

Nous terminons la journée par des combats au corps-à-corps. Les rebelles nous encouragent et poussent des braillements sauvages quand le sang gicle. Tous les coups sont permis. Beaucoup de recrues tentent d'avoir l'avantage en lançant leurs poings brutalement. Moi, j'ai taillé mes ongles en pointe et je griffe. S'il le faut, je mords. Même Chacha, Koffi et Noumou, même Soulaï, lorsque je dois lutter contre eux. Je connais les endroits où faire mal sans blesser profondément. Je balafre les cuisses et les bras, jamais le visage ni leur chose de garçon entre les jambes.

Nous sommes obligés de nous battre, c'est ça ou le fouet. Avant, les combats nous terrifiaient, maintenant nous aimons la lutte. Parce que nous avons le droit de crier. C'est le seul moyen autorisé pour sortir la rage et l'horreur qui nous labourent l'intérieur. La violence, on s'y habitue quand on vit avec, on finit par en avoir besoin. Elle nous colle à la peau et s'infiltre comme un poison dans nos cerveaux.

Pendant les combats, les petits enfants du lieutenant, des caporaux et du sergent nous bombardent de cailloux en criant : « À mort ! À mort ! » Certains marchent à peine et hurlent ça avec leurs bouches de bébé. Quand nous avons terminé et que nous dégoulinons de sang et de sueur, le sergent braille :

— Repos, les recrues !

Nous pouvons enfin aller nous laver dans le petit torrent derrière la parcelle de patates. Ensuite, c'est le repas. Le seul de la journée.

Je hais les rebelles, je hais le commandant Soussa. Je hais le sergent. Le soir de notre arrivée, le sorcier l'a marié avec Nyele, depuis elle est sa petite femme. C'est-à-dire qu'elle lui prépare à manger, qu'elle lave son linge et qu'il a le droit de la frapper et de dormir sur elle. J'aimerais raconter ce qui lui arrive d'une manière plus douce, mais il n'y a rien de doux dans son existence. Elle n'est pas autorisée à parler aux recrues, les autres femmes du sergent la détestent, la pincent et cherchent à l'empoisonner. Certains jours, elle est tellement faible qu'elle ne parvient plus à marcher.

Le même soir, Temona a été mariée avec le commandant Soussa. Elle dit que sa vie est moins terrible que celle de Nyele parce qu'elle est la seule épouse du commandant et qu'il part souvent en mission. Pendant ses absences, la femme du lieutenant est chargée de la surveiller, mais elle passe son temps à boire du lait magique et à dormir les yeux ouverts. Alors Temona me rejoint après le repas derrière ma tente. Collées accroupies, nous parlons sans bruit. Les hommes se soûlent au vin de palme autour du feu, Soulaï et Noumou montent la garde. Si quelqu'un s'approche, ils pissent très fort sur les cailloux. On les entend et on détale.

Quelques fois, Koffi et Chacha surveillent aussi, mais ils préfèrent boire de l'alcool, même si le lendemain ils sont mauvais à l'entraînement. Je les comprends. Avec le vin, ils oublient. Les souvenirs, c'est pareil que les balles des kalachs, ça troue notre tête.

Mama Nkenge, la mère de Temona, était femme-médecine. Elle lui a enseigné les pouvoirs des plantes. Quand on a traversé la forêt pour rejoindre la base, mon amie a observé les feuilles, les troncs, les racines, les tiges, les mousses, et elle a réfléchi comment pratiquer le soin avec la nature d'ici. Depuis que nous vivons à la base, elle nous fabrique des remèdes. Grâce à elle, nous ne sommes jamais très malades et nos blessures guérissent vite. Elle nous donne des pommades qui réparent les plaies, du parfum chasse-moustiques, et des breuvages pour calmer la fièvre, les coliques et les crampes. Pour elle et Nyele, elle pile une poudre qui fait disparaître les fruits de bébés cachottés derrière le nombril. Elle dit qu'elles sont trop jeunes pour mijoter un enfant dans leur ventre, mais qu'on ne sait jamais. Le commandant Soussa et le sergent parlent souvent au sorcier avant de se coucher sur elles.

*

— Tu as trouvé la pelure verte que je t'ai demandée ?

— Oui, tiens !

Je sors l'écorce de ma poche et la tends à Temona. Ses lèvres sont contentes, elle la glisse dans l'échancrure de sa robe.

— Il te reste de la pommade-cicatrice ?

— Un peu plus de la moitié du pot.

— Je t'en donnerai un autre la prochaine fois.

— Merci Temona.

Elle baisse la tête et sourit encore. J'aime bien. Ça me rappelle la douceur.

C'est moi qui lui rapporte les ingrédients de la forêt, elle m'a expliqué comment les reconnaître. Pendant la course du matin, je les ramasse. Vite, vite, je coupe, j'arrache, vite, vite, je cueille, vite, vite, j'écorche la peau des arbres. Personne ne me voit, personne. Avant je me trompais beaucoup d'écorces et de racines, je choisissais les mauvaises feuilles. Plus maintenant.

Quand Temona prépare ses remèdes, elle raconte aux autres femmes qu'elle cuisine le repas de son époux à la manière de chez nous. Elle est rusée, elle fait la gentille avec le commandant Soussa. Si les autres lui cherchent des misères, elle peut demander à son mari de les tuer. Alors elles n'insistent pas.

— J'ai besoin de feuilles rousses pointues, deux poignées, et de tiges d'herbe creuse.

— D'accord Temona, j'en trouverai demain.

— Demain, il revient.

« Il », c'est le commandant Soussa.

— Je te les donnerai quand on pourra.

Je lui caresse le bras du bout de l'index. Frotte, frotte doucement. Ce n'est pas assez pour la consoler, mais qu'est-ce que je peux faire ? Rien, rien, rien.

Ensuite Temona parle des plantes, elle m'explique comment les mélanger, les écraser, les griller ou les cuire. Chaque fois qu'on se voit, elle me détaille les secrets de sa mama. Je l'écoute attentivement. Je crois que fabriquer des médications, c'est son moyen de supporter d'être la petite femme du commandant Soussa.

— Il faudrait trouver un remède pour la voix de Noumou, je murmure.

Elle balance ses mains devant elle pour dire que ce n'est pas possible de guérir son mal. Nous restons silencieuses et nous pensons à lui.

— Tu sais pourquoi les rebelles l'ont recruté, Nekeli ?

Je fais non avec ma tête.

— Ils ont tué ses parents à la machette et l'ont obligé à regarder. Après, ils lui ont commandé de s'enfuir. Par trois fois, ils lui ont tiré dessus, par trois fois, il a échappé aux rafales de kalachs en zigzaguant entre les balles. Le sorcier a décidé qu'il porterait chance aux Scorpions de Grand Cobra.

— Qui c'est, ceux-là ?

— Sûrement d'autres rebelles comme les Frelons.

J'ai oublié de le dire, Noumou ne parle plus. Depuis l'attaque de notre village, aucun son n'est sorti de ses lèvres. S'il crie dans ses cauchemars, nous ne l'entendons pas. Le soir, il s'assoit à l'intérieur de la tente et trace des personnages dans la terre avec un bâton. Toujours les mêmes : un petit enfant, une croix à la place de la bouche, qui court devant un homme et une femme en sang, étendus au sol. C'est comme cela qu'il raconte la mort de son papa Kanyi et de sa mama Kimia. Ses souvenirs, il les dessine.

Avec Temona, on s'entoure de nos bras. On se serre, on partage la tristesse.

Et voilà que la pisse gicle sur les cailloux. Vite, vite ! Nous nous éparpillons, vite, vite !

Mongo pointe son nez, plus personne derrière la tente.

Avant de dormir, j'écoute la respiration de Noumou et je l'imagine ricocher entre les balles. J'ignore ce qui est arrivé aux autres familles de notre village, Temona garde le silence et je préfère ne rien lui demander. Elle ne me raconte pas non plus ce que lui fait subir le commandant Soussa. Je sais seulement qu'il enlève ses lunettes glaces pendant le coucher-obligé. Il a une affreuse cicatrice sur la paupière gauche et son regard la terrifie.

Pauvre Temona, je préfère mille fois ma place à la sienne. Heureusement, je m'enfuirai avec Soulaï avant de devenir la petite femme de Grand Cobra. Est-ce que je pourrai abandonner mon amie ? Et Noumou ? Et Nyele ?

6

Ce matin, quelque chose se prépare. Je ne sais pas quoi. Mon corps me prévient que je dois me tourmenter, je transpire une eau glacée. Soulaï a le front barré de frayeur.

Nous ne partons pas courir dans la forêt, les rebelles nous alignent sur la place et nous observent en silence, avec le sergent, le sorcier et les femmes. Les enfants aussi éteignent leur bruit. Il n'y a que les moustiques qui rondent en moustiquant.

Tout à l'heure, le commandant Soussa est revenu de mission avec ses Frelons. Il marche en long en large devant nous. Ses lèvres bougent pour sourire, les veines sur ses tempes se gonflent, ses narines s'écartent, c'est sa tête de diable. Il va, il revient, il va, il revient, on dirait un fauve derrière des barreaux. Sauf que c'est nous dans la cage.

D'un coup, il s'arrête et aboie :

— Allez ! Découvrez votre épaule, la gauche ! Vite !

Nous n'y comprenons rien mais nous obéissons. S'il avait voulu nous fouetter, c'est le dos qu'il nous aurait mis à nu. De toute façon, le fouet, c'est la spécialité du sergent, le commandant préfère la machette et le pistolet.

— Ouvrez la bouche !

On ouvre nos bouches et un rebelle nous fourre à chacun un gros morceau d'écorce entre les dents. Nous n'essayons pas de le recracher. Il fait une chaleur, une chaleur ! Le commandant Soussa ramasse une tige en fer posée par terre avec un bout pointu et l'autre large et plat. Le rang frémit. Tout le rang, comme une vague. J'ai la peau hérissée d'une poule plumée.

— Maintenant, écoutez-moi bien.

Je déteste quand il prend sa voix gentille terrible. À chaque fois, elle annonce quelque chose d'insupportable. Et puis, elle me rappelle la mort de papa et mama, et ce n'est pas le moment.

— Aujourd'hui est un grand jour. Vous devenez officiellement des rebelles de Grand Cobra !

On ne veut pas, bien sûr qu'on ne veut pas une chose pareille ! Ça nous torture, ça nous dépièce ! Je m'inquiète trop, ma bouche s'assèche, mon ventre est un nœud.

— Regardez devant vous et bouclez-la. Si je vois une tête pivoter, si j'entends un cri...

Il nous braque avec son arme.

— PAN !

On contracte nos muscles, parce que c'est entendu qu'on va souffrir. Le commandant s'agite dans notre dos. Je grelotte de frayeur, je veux sortir de moi-même, mais je suis bloquée sous mes os. Ayiéyié, que j'ai peur. Ferme les yeux, Nekeli, ferme ! Ça gémit par là-bas, ça gémit d'une grosse douleur. Ayiééyiéé, qu'est-ce qu'il va me faire ? L'écorce me blesse les lèvres. Serre les dents, Nekeli, serre ! Ça se gosille, j'entends. J'entends les gosillements de souffrance qui se rapprochent. Et cette odeur. Qu'est-ce que c'est que cette odeur de poulet brûlé ? Soulaï a froid, Soulaï a la terreur, je la ressens, froid, froid, froid. Derrière lui, le commandant Soussa. Il souffle fort. J'entends l'air se fendre quand il lève le bras. Ayyyiiiéééyiéééééé. La plainte dans la gorge de mon frère hurle dans ma tête, m'arrache les tripes. C'est une écorchure, longue, longue, il croule sur le sol, peut-être qu'il est mort. Et voilà mon tour. Ayyyyyyyiiiiiéééyiéééééé mama mama ! Mon cerveau explose, mes dents se cassent sur le bois. Ayyyiiiéééyiééééé ! Un monstre mord derrière mon épaule, déchire interminable, grésille ma chair, a-yyi-i-ééyiéé ! Mes jambes n'ont plus de force, l'eau déborde sous mes paupières, ayi-é-yi-é, je tombe à genoux dans la poussière.

Tout est blanc, il n'y a plus personne pour pleurer ayiéyié dans sa bouche, je n'entends que le bruit de ma propre respiration. Peut-être que rien n'est arrivé vraiment ? Que je suis couchée sous les bananiers avec les chèvres et que je cauchemarde à cause d'un méchant génie venu enrager ma tête ? Mon cœur bat trop vite. J'ai soif, j'ai mal. Quelqu'un me semelle les côtés, BAM, BAM, BAM ! braille : « Debout, Tigresse ! » J'obéis, je me lève sur mes jambes. Pof, elles lâchent. On me cogne plus fort, on me tire à pleines mains, on me colle la tête en haut, les pieds en bas, on me gueule, gueule, gueule !

J'ouvre les yeux, l'écorce en charpie dans ma bouche, le monstre de feu accroché à mon épaule. Soulaï ! Soulaï ! Ah, il est là ! Appuyé au vide pour ne pas tomber, paralysé piqué. Moi, même que lui. Piquée paralysée. Et toutes les recrues pareil. On dirait qu'on revient d'un massacre. Le corps rocher, le monstre agrippé, les yeux qui roulent à droite, en bas, à gauche, en haut.

— Ils sont des nôtres ! crie le commandant Soussa.

On sursaute en l'air.

— Ils ont la marque de Grand Cobra !

— AYAYA ! hurlent les hommes. Et le sergent. Et les femmes. Et les enfants. AYAYA !

On nous donne à boire dans des bols. Un breuvage blanc amer, le lait magique que les femmes font couler des arbres géants. Tout le monde s'en soiffe à la base. Nous, les recrues, nous n'y avons pas droit, mais j'en ai goûté le premier soir dans ma soupe. J'en veux bien encore, pour trouver la vie facile et ne plus sentir les dents du monstre injecter leur venin dans ma chair.

Autour du bol, mes mains tremblent. Beaucoup. J'avale tout.

Le vent lourd mouillé nous lèche la peau, une goutte, deux gouttes, le ciel tombe d'un coup. Des bassines d'eau. Le sorcier saute devant nous, PLOUSH, PLOUSH,

PLOUSH, ses pieds dans la boue. Tout s'embrouille dans ma tête, à cause de la pluie pili-pili sur la cuisson de mon épaule. Le sorcier secoue son bâton à grelots ksskssks, il pousse des « èèè, èèè ! Wo, wo, wo ! » avec sa bouche ouverte et sa langue sortie. Son œil crache des flammes noires, l'autre plonge dans nos crânes pour griller nos pensées. Tout le monde frappe dans ses mains, mais je ne peux pas dire qui est un homme ou qui est une femme, on dirait une ethnie de fantômes. Les recrues ressemblent à des troncs rincés, elles ne bougent pas, moi non plus. Si on bronche d'un poil, on tombera, c'est sûr. Mon front chauffe sous l'effet du lait magique. Ma bouche fraîchit, mes yeux se remplissent de couleurs. Du bleu, du jaune, du rose, du vert. « Alalalala ! je me dis. C'est si beau ! On dirait avant la guerre ! » J'écrase la terre inondée de mes pieds géants. PLASH ! PLASH ! PLASH ! « Regarde, Soulaï ! Je marche sur la rivière et je ne coule pas ! » La main du sorcier se lève dans le dos de mon frère, je vois luire la lame d'un couteau. Mais Soulaï est invincible, je n'ai pas peur. Et puis, je n'ai plus mal.

Je me réveille dans la lumière sale de la tente. Le parfum chasse-moustiques sent fort, acide. Je suis étendue à plat ventre sur ma natte, ma chemise roulée sous mon visage.

« L'entraînement ! Vite ! » Je me soulève. Une main me repousse doux par terre et pommade mon épaule. Petite main. Mon œil regarde dans le coin, c'est Noumou.

J'entends « èèè, èèè ! Wo, wo, wo ! » dans ma tête, je me souviens de tout, je me redresse. Ni Obi ni Mongo avec nous, juste Soulaï endormi à plat lui aussi, la tête sur sa chemise.

— Noumou, qu'est-ce que tu fais ? je souffle.

Je m'assois et je regarde ses yeux dévorés, ses lèvres mordues, sa figure fermée froncée. Son petit torse nu pointu d'os au-dessus de son pantalon.

Il me fourre le pot de pommade-cicatrice entre les mains, me désigne son omoplate du doigt et se retourne. Mes yeux s'écarquillent, mon cœur saigne. Sur sa peau rouge et boursouflée crache un serpent dressé.

— Oh non, non, non... je bégaie.

Je n'arrive pas à bouger, répète mon hoquet de non.

— C'est la marque de Grand Cobra. On a tous la même.

Mon frère ne dormait pas. Il parle les yeux fermés. Je pommade la blessure de Noumou. Pas question d'écouter ça !

Mais c'est trop tard, j'ai entendu.

Je touche mon épaule derrière, palpe le serpent. Je tourne la tête. Sur la peau grasse d'onguent de Soulaï : le serpent. Sa langue fourchue m'hypnotise. Au sommet de la colonne vertébrale de mon frère, d'autres blessures capturent mes yeux.

Je respire fort. Non, non, non !

— Je sais ce que le sorcier a tracé sur moi avec sa lame, dit Soulaï. J'ai demandé à Noumou de le dessiner dans la terre.

Sa voix rauque cassée. Sa mâchoire tordue. Son souffle boiteux. Son beau visage dévasté.

Je fixe le dessin de Noumou, la peau entaillée de Soulaï, le dessin, la peau, le dessin, la peau.

Deux hirondelles sont gravées. Leurs ailes prêtes à s'envoler.

Une pour papa, une pour mama.

7

— Je vais vous raconter une histoire...

Les jambes du commandant Soussa nous cerclent. Toujours il marche et nous encage. Je n'aime pas ses histoires, elles puent, elles tuent, elles finissent dans le sang.

— Une histoire d'infidèle.

On regarde ses bottes éclaboussées de boue. Il pleut sur notre dos.

— Un jour, un soldat a cru qu'il pouvait trahir Grand Cobra.

Il pointe son pistolet vers Soulaï, vers Chacha, vers moi, vers les autres. On s'enfonce la tête dans nos épaules.

— Ce soldat était une ancienne recrue, comme vous. Un rebelle du bataillon Frelon.

Son visage tout crispé tiré par en bas.

— Vous savez ce que ce chien a combiné ? Tsaï ! Il a profité d'une mission pour foutre le camp dans la forêt !

Il remue la main. Vlouf vlouf, son pistolet s'agite, j'ai peur qu'il tire sur nous. Heureusement, il arrête de s'exciter et se penche pour nous observer derrière ses lunettes. Moi, je pense à la cicatrice sur sa paupière.

— À votre avis, il demande, qu'est-ce qui s'est passé ?

Personne ne répond.

— Vous pensez qu'on l'a poursuivie, cette crevure ? Hein ?

On reste debout, tétanisés. Le commandant Soussa explose de rire.

— Bien sûr que non ! On avait autre chose à faire !

Il s'approche de Soulaï, le tire par la chemise, la lui arrache pour nous montrer le serpent sur son épaule.

— Vous êtes de vrais rebelles, maintenant ! il crie. Vous appartenez à Grand Cobra ! C'est marqué là ! Les soldats gouvernementaux, ils voient la marque, PAN ! ils vous crèvent !

Il secoue mon frère.

— Les civils armés, ceux des villages, ils voient la marque, SHLAK ! ils vous égorgent !

Il jette Soulaï dans la boue.

— S'enfuir ? Pourquoi ? il crache. Vous n'avez nulle part où aller ! Les ennemis vous tueront sans hésiter. Pour eux, vous êtes le diable !

Il s'essuie la bouche avec sa manche.

Silence.

Plus que le bruit de la pluie. Shhli, shhli, shhli.

Dans ma tête, c'est vide et ça déborde. Les deux à la fois.

Ensuite, le commandant relève mon frère, lui caresse les cheveux, le visage, et parle avec sa voix terrible douce.

— Le petit fumier qui a déserté, on l'a retrouvé. En morceaux, dans un fossé. Vous ne voulez pas finir découpés comme lui, n'est-ce pas ?

On fait non, non, non de la tête.

— Vous n'êtes pas le diable. Moi, je le sais et Grand Cobra le sait. Vous menez une guerre juste ! Une guerre révolutionnaire pour libérer votre pays d'un gouvernement corrompu.

Je ne comprends pas ce qu'il dit. Son murmure écorche mes oreilles.

— Grand Cobra vous protège, il attaque les ordures de l'armée régulière qui arrivent dans les villages et donnent des armes aux habitants. C'est de leur faute si vos parents sont morts ! Ce sont les gouvernementaux, leurs assassins ! La vermine pourrit notre beau pays, nous sommes obligés de l'éliminer. Par tous les moyens. Est-ce que c'est clair ?

On fait signe que oui. Sa langue claque, il est satisfait.

Moi, ce que je comprends, c'est qu'avec la marque du cobra sur notre peau, on ne pourra jamais s'échapper. Je me sens très fatiguée, pire qu'après l'entraînement. J'observe mon frère de côté. Son dos se voûte bossu plié, son regard se fane, on dirait une vieille personne. Mon courage dégouline. En même temps qu'autre chose se réveille. La colère.

Dans notre village, on dit qu'à la saison humide l'esprit du ciel commande les hommes. Par exemple, on prévoit d'aller ici ou là, de planter ceci cela, de construire un ponton neuf, de réparer le trou dans le toit de la case, et c'est fichu, les eaux emportent nos projets. On marche sur un chemin, il pleut : maintenant on nage dans une rivière. Il pleut encore : voilà qu'on se noie dans un fleuve. Tout change, rien n'est certain, c'est ça la vie. Mais Grand Cobra ne remplace pas la pluie. Je ne suis pas d'accord ! Ce démon-là n'est pas l'esprit du ciel ! On ne le connaît pas, on ne l'a jamais vu ! Peut-être même que le commandant Soussa l'a inventé pour nous détruire et faire de nous des animaux à son service.

Je ne suis pas un animal ! Je suis Nekeli, fille du chef Bongalo et de mama Nandi. Avec mon frère, j'irai déterrer les symboles de notre clan, nous les brandirons au-dessus de nos têtes et nous honorerons la mémoire de nos ancêtres.

« Soulinekelaï ! j'appelle en moi. Remets ton corps droit, regarde devant toi, arrête de gober les furieuses paroles de ce fou. Soulinekelaï, écoute ma voix ! Nous tiendrons notre promesse, tu entends ? Nous nous enfuirons et nous trouverons le moyen d'effacer la marque du serpent. Personne ne nous en empêchera, ni le commandant Soussa ni Grand Cobra ! Nous retournerons au village. Nous le ferons ! »

Je répète inlassablement, jusqu'à ce qu'une étoile s'allume dans les yeux de mon frère, puis une autre, et plein d'autres. Je les pêche, comme dans ceux de mama. La tristesse ne part pas, comment pourrait-elle ? Mais je sens une chaleur dans ma poitrine. Elle sèche mes pleurs et fait fondre la lame qui me transperce le cœur.

8

— En avant... Marche !

On marche.

— Un, deux, un, deux.

Devant le sergent.

— Un, deux, un, deux.

Nos bâtons-fusils cognent nos flancs.

— Un, deux, un, deux.

C'est le nouvel entraînement.

— Une fois à droite... Marche ! hurle le sergent.

SHLAM ! On vire à droite.

— Un, deux, un, deux.

On avance pareil qu'une armée, avec nos pieds nus qui cadencent en bas de nos pantalons troués.

— Soldats de la section Liyanzi...

« Soldats de la section Liyanzi », c'est le nom de guerre des recrues qui portent la marque de Grand Cobra mais qui n'ont jamais combattu ou pas assez tué pour mériter le titre de Frelons. Les liyanzis, ce sont des puces-chiques. Des parasites qui infectent les plaies. Des poisons invisibles.

— ... Halte !

On claque nos talons dans des gerbes de boue, et on stoppe.

— Au sol, armes !

On pose nos bâtons-fusils dans les flaques et on reste piqués en attendant les ordres. Le sergent aime nous laisser debout sous la pluie une heure, ou deux, ou trois, ou toute la journée. Il dit que ça nous endurcit d'être mouillés à tordre. Donc on dégouline immobiles, lui braille je ne sais quoi aux caporaux qui s'emparent de nos bâtons-fusils et VLAM ! les jettent dans les broussailles.

« Hééé, ça va pas ? je proteste dedans. C'est mon bâton-fusil, rendez-le-moi ! »

Je ferme ma bouche, mais ça me désespère qu'on me l'arrache. Les vieux ont leur canne, les scarabées leur carapace, moi mon bâton-fusil. Si je suis effrayée, il est là. Si je suis essoufflée, il est là. Si j'ai mal, il est là. Et voilà qu'ils me le prennent !

Les autres de la section Liyanzi ne sont pas sereins non plus. Il y en a qui s'agitent et se froncent d'inquiétude, pffouuf... Les fous ! Leur dos va bientôt cuire ! Mais il se passe une chose inimaginable. Le sergent ne lève pas son fouet. Au lieu de ça, il sourit. Vrai de vrai ! Avec ses lèvres relevées et ses paupières plissées ! Je tourne la tête, pas beaucoup, pour regarder Soulaï dans le rang. Il se plie à peine en avant, et ses yeux s'agrandissent autant que les miens. « Ma parole, on pense, c'est quoi cette tête du sergent ? On ne l'a jamais vu sourire, jamais ! »

On comprend vite cet extraordinaire. C'est le jour des kalachs. Obi et Mongo nous ont expliqué : « Quand le commandant décidera que le sergent a terminé votre entraînement initial, il remplacera vos bâtons-fusils par des kalachs. »

Le sorcier arrive et frappe son tam-tam, les rebelles balancent leurs corps, tapent dans leurs mains, chantent « YO, YO, YOLALA ! », le sergent ouvre une grosse caisse en fer.

C'est comme ça que, même pas une minute plus tard, je me retrouve avec une arme entre les mains.

— Prends ! gueule le sergent.

Ça pique au fond de mes narines, mon esprit se renverse, une dégringolade d'images terribles débaroule dans ma tête. La chèvre dominante éventrée, les mouches vertes sur le gardien de la plaine, les assassinés, grand-ma', Lulu, mama, papa, le caillou blanc, la natte rouge, les enfants hagards dans le camion, le feu, l'orage, les villages de suie, les cases sur leurs pieds en bois, les barques, Zey, Edoh, Kadi, Bakari, Kofala, le ventre de la forêt vorace, tout ça je vois. L'angoisse, l'horreur, les tremblements, la désespérance, la douleur, les gosillements, tout ça je ressens. Ça filtre de mes os, ça traverse ma peau de froidure suante. Je veux rendre l'arme au sergent, mais mes doigts refusent de la lâcher. Ils trouvent où se poser, s'enroulent sur la crosse et le canon, connaissent leur place. On dirait qu'ils sont nés avec.

— Ne perdez jamais vos armes, aboie le sergent, elles vous donnent le pouvoir. Respectez-les comme vos nouveaux papas et vos nouvelles mamas !

Qu'est-ce qu'il raconte, celui-là, avec sa tête d'enragé ?

Mon cœur en larmes résiste : « Débarrasse-toi de ce fusil, il porte la mort en lui ! Tes parents aimaient tant la vie, jamais cette saleté d'arme ne les remplacera. » Ma tête s'indigne : « Ne l'écoute pas, Nekeli ! Pour te protéger, c'est bien. Pour t'enfuir aussi. Si tu as peur, si tu as mal, si tu as le souffle coupé, si on te menace, à présent tu t'en moques, tu ne crains rien, tu as ta kalach. »

Je regarde l'arme entre mes mains, j'espère qu'elle va disparaître, qu'elle n'est qu'un cauchemar égaré là et qu'il suffit de le vouloir très fort pour le dégager. Je n'en peux plus de la guerre, je suis laminée en poudre. J'ai les tempes cognantes, la poitrine béante, je demande que ça s'arrête, j'ai plus la force déjà, je veux voir ma mama et mon papa, câliner ma Lulu et embrasser ma grand-ma'.

« Nekelaïsouli, respire... regarde-moi ! »

C'est Soulaï qui m'appelle, là-bas au bout du rang, son fusil-métal sur sa poitrine, sa peau luisante des pleurs du ciel. Tout seul avec moi au milieu de ce monde qui tue et vocifère. Tout seul avec l'amour, la peur et la colère.

« Nekelaïsouli, moi aussi, je pense à mama, papa, Lulu et grand-ma'. Nous retournerons au village enterrer nos morts et protéger la mémoire de notre clan. Nous le ferons ! »

Je serre la kalach dans mes bras et j'écoute gueuler le sergent.

9

Pic-pic-pic, je perce, je couds. Les coquillages de chez nous sur des bandelettes de ma robe confectionnée par mama. Ma préférée. Avec des feuilles de gombo brodées vertes et jaunes. Je l'ai déchirée.

Pic-pic-pic, je perce, je couds, je fabrique des amulettes. Pour Soulaï et moi, Noumou, Koffi et Chacha.

Après la marche cadencée, un, deux, un, deux, et l'attente plantés pas bouger sous la pluie, le sergent nous apprend à tirer. TAC-TAC-TAC-TAC-TAC, nos kalachs pétardent les ennemis tracés au charbon sur des troncs. Avec la tête derrière ou la tête devant, c'est selon, le torse ou le dos, les jambes et tout ce qui se troue.

Si on touche l'arrière du crâne, la mort est instantanée. Un coup de feu dans la cuisse, l'ennemi ne peut plus s'esquiver. Il se traîne limace par terre, ça panique les autres comme lui, et le commandant Soussa peut crier : « CELUI QUI ESSAIE DE S'ENFUIR, IL N'A PLUS DE JAMBES. COMPRIS ? » « C'est bien pour dissuader », dit le sergent. Une balle dans la figure, le ventre ou la chose des garçons, c'est de la boucherie, ça s'éparpille, ça dégouline. Une balle en pleine poitrine ou dans le dos, c'est plus propre, mais ça dépend des sortes d'ennemis. Il y en a qui tressautent en éclaboussant, d'autres qui tombent raides, VLAM ! Brésiller le bras, ça ne sert à rien, juste à faire mal. Mais l'autre en face peut encore se sauver ou nous trouer, donc, il vaut mieux pointer ailleurs.

Je suis d'accord pour exploser les ennemis dessinés sur les arbres, ils sentent l'écorce de bois frais. Ce ne sont pas de vrais hommes vivants.

Moi, je tire correct, le sergent ne m'engueule presque pas et son fouet laisse mon dos tranquille. Noumou est nul. Il préfère la machette. Je me demande pourquoi il a choisi l'arme qui a tué son papa et sa mama. Il la lance, comme ça, SHHHLASSHH ! Elle se fiche dans les têtes charbon. Le sergent braille et chicotte badine sur ses mollets mais, ouf, pas de fouet. Et plus de kalach. Je crois que la machette est son langage de désespoir. À chaque fois qu'il la projette, Noumou hurle dans sa tête.

Le meilleur au tir, c'est Soulaï. Le sergent commande : « Vise l'estomac ! », « Vise entre les omoplates ! », « Vise la gorge ! ». L'index de mon frère presse la queue de détente et ses balles touchent pile là où il faut.

Quand il revient de mission, le commandant Soussa s'assoit dans un fauteuil en plastique, sous un grand parasol à franges qui le protège de la rincée. Il nous observe, pareil qu'un roi sur son trône.

La semaine dernière, il a fait signe à mon frère de le rejoindre. Je me suis approchée pas loin, mes oreilles écarquillées.

— Bon potentiel, petit, il lui a dit.

Il s'est renversé contre son dossier et a croisé ses mains. Ensuite il a souri. J'ai eu froid. C'était quoi, ces manières de parler gentil pour de vrai ?

— Sous tes airs de chiot apeuré, un monstre de guerre sommeille, a-t-il continué. Tu as l'instinct du tueur.

D'entendre ces mots-là, ça m'a énervée crispée. La pluie me piquait, je grésillais de partout.

— Tu dois t'entraîner plus que les autres, mon garçon, je suis impatient de te voir en situation.

Le commandant Soussa a refait son sourire de quand il va manger un bon repas de Temona.

— Je fonde de grands espoirs en toi. Si tu t'exerces correctement, tu deviendras le meilleur sniper du bataillon Frelon.

J'ai vu la bosse devant le cou de Soulaï monter, descendre et remonter, sa salive n'arrivait pas à passer. Dans ma tête, le pilon.

Depuis, le sergent mène la misère à mon frère.

S'il ne tire pas assez vite, CHLAC ! une claque.

À chaque fois, ça me dévaste d'entendre sa mâchoire craquer. Le sergent l'entraîne par le cou devant la cible, lui écrase le nez dessus.

— Le temps que tu presses la détente, il t'a troué vingt-douze fois, l'autre ! qu'il beugle.

Il secoue Soulaï, le semelle dans les genoux.

— Le commandant t'a à la bonne, mais te prends pas pour un seigneur ! Quand je dis « tire là », je veux que ta balle percute l'ennemi avant que j'aie fini ma phrase ! Tu piges ?

— Oui, sergent, répond mon frère, la figure charbon.

Je me dis : « Vas-y, Nekeli ! Tourne ta kalach, vise la sale brute, explose-lui la cervelle. »

Ma tête proteste : « Et après ? Tu crois quoi ? Les rebelles vous éplucheront le ventre à toi et à Soulaï pareil que ce que vous faites aux poules, et vous n'honorerez jamais vos ancêtres. »

Alors j'envoie gicler mes balles sur l'arbre.

Le jour des kalachs, le sergent nous a aussi donné un couteau. Petite lame aiguisée. On le porte à la ceinture, glissé sous un lien de corde ou de lacet. Dorénavant, les poules remplacent les combats au corps-à-corps. Tous les soirs, le sergent désigne une volaille et quatre soldats Liyanzis pour s'occuper d'elle. Un qui l'attrape, un qui lui tord le cou, un qui lui ouvre le ventre. Le quatrième écarte, plonge les mains à l'intérieur et tire un morceau épais, dégoulinant de sang. Le foie. Le foie des poules on doit arracher. Dans mon groupe, il y a Koffi et deux autres garçons. On échange les rôles quand ça tombe sur nous. La première fois, j'ai vomi. C'est sorti en jet. La deuxième fois, j'ai encore vomi. La troisième aussi. Mais je n'ai pas croulé par terre sinon c'était le fouet. Maintenant, je m'en fiche. Je chope, je tords, je tranche, je plonge, j'arrache. Les poules sont les ennemis.

Après les poules, on se rappelle qu'on respire. Les Liyanzis filent se laver dans le torrent furieux qui a noyé la parcelle de patates. Soulaï, lui, retourne à l'entraînement kalach avec le sergent sur le dos.

Il y a un arbre au bord de l'eau, il incline ses branches en abri, ses feuilles en rideau, il me cache. Je l'appelle l'arbre-asile. Les Liyanzis se baignent nus, s'éclaboussent sans s'occuper d'être regardés dévêtus. Moi, je garde ma chemise. Le commandant Soussa a dit : « On ne touche pas la Tigresse », mais je me méfie. Surtout depuis que le sang des mères coule entre mes jambes chaque lune.

Les filles deviennent des femmes, les garçons des hommes. Je vois comment ils guettent les épouses des caporaux. Avec leurs yeux en flammes et un drôle d'air qui leur dévore le visage. Ils espèrent les piéger avec leur regard. Est-ce donc cela, une femme ? Une proie ?

Mes mains frottent ma peau couverte de sueur et de boue. Elles touchent partout et trouvent que ma poitrine, mes hanches, mes cuisses, mon devant, mon derrière sont ceux d'une enfant. Rien de rond, que des os et des muscles secs, des creux et des pics.

*

Voilà, c'est comme ça que ça se passe, je ne peux pas raconter autrement. Il y a des hommes assez ignobles sur cette terre pour capturer des enfants, les obliger à tuer leurs parents, leur farcir la tête de mensonges, de violence et de terreur, les dresser pour la guerre et les transformer en démons. C'est inimaginable, impossible à supporter. Pourtant je le vis.

Ça dure toute la grande saison humide. Kalachs, poules, kalachs. On ne peut pas s'enfuir. Depuis qu'on a de vraies armes qui tirent et trouent, les rebelles nous surveillent de près. Je ne trouve presque plus de moments sûrs pour voir Temona. Je glisse les racines, les écorces et les feuilles dans un trou sous une pierre, elle les remplace par des remèdes. J'en fais une provision. Le soir, mon frère s'effondre sur sa natte. Je cherche sa chaleur, il est froid. Plus froid que les troncs charbon. Il ne pense plus à la colère. Plus au village. Quand il dort, c'est comme s'il était mort. J'écoute son cœur, j'entends seulement le mien qui vit, là blotti. Flap... flap... fatiguées, les ailes d'oiseaux des terres lointaines. Flap... flap... kalachs, poules, kalachs. Flap... flap... parfois je pense à mama, Lulu, grand-ma'... Flap... flap... papa, je cherche le langage perdu. Je chuchote « Soulinekelaï, Soulinekelaï ! », Soulaï ne répond pas. La nuit, je n'ai plus de frère, la terreur est ma sœur.

J'ai peur de ce qui va arriver quand les ennemis écorce deviendront de chair et d'os. J'ai l'épouvante de partir d'ici parce que maintenant la tente est ma maison. J'ai peur de quitter Temona et que Nyele meure. J'ai peur que Noumou machette devienne fou. J'ai peur de Soulaï instinct tueur. Koffi et Chacha ont les yeux vides, même sans boire d'alcool et de lait magique. Ils ne s'animent que quand ils tirent à la kalach, leurs figures grimacent de joie, ils soufflent « ayaya ». J'ai peur qu'on ne puisse pas s'échapper avant de rejoindre Grand Cobra. Le commandant Soussa l'a annoncé : les Liyanzis vont partir mener la vraie guerre avec ses Frelons. Les caporaux nous ont même donné des chaussures à grosses semelles pour marcher dans la forêt. On va nettoyer la région immense derrière le mont chauve. Ensuite, on ralliera le quartier général de Grand Cobra.

C'est pour cette raison que je couds des amulettes. Pour nous protéger et repousser l'immense frayeur.

« Non, Nekeli, dit ma voix grave en moi, tu couds des amulettes pour empêcher la mort. »

Nous avons tourné le dos aux tentes,
aux ennemis charbon, aux visages baignés d'eau salée
de Temona et Nyele.
Nous sommes partis,
Soulaï, moi, Noumou, Chacha et Koffi.
Avec le sorcier, les Frelons et les Liyanzis.

La forêt suintait des citernes d'eau, s'égouttait en rideau.
Quand je levais les yeux, là-haut,
le ciel entier était peint en vert. Toutes les mèches
de toutes les chevelures du ciel
peintes en vert.
Il pleuvait. Vert.
Non, il ne pleuvait pas.
Il pleurait.
La nuit, mes yeux aveugles écoutaient
les
larmes
tomber.
Rien d'autre.
Aucune créature ne nous épiait, nul esprit ne nous guettait.
Nos peaux puaient. Puaient trop. Chassaient le vivant.
Empestaient la mort. Que nous allions donner.

Nous avons traversé ce vert de lianes et de troncs,
de racines et de feuilles
en pleurs.
Noirs les Frelons, noires nos kalachs. Sans couleur
mon cœur.

Nous sommes arrivés de l'autre côté du mont pelé,
les arbres se sont écartés,
un bataillon de rebelles
nous attendait dans des camions.
Le ciel était sec.

10

Je n'ai pas envie de combattre aujourd'hui. Pas envie de voir Noumou lancer sa machette, pas envie d'entendre Chacha et Koffi pousser des « AYAYA ! » à chaque coup de feu. Des semaines que ça dure... toujours le même abominable spectacle des armes qui crient, des chairs en charpie, des incendies. J'en ai assez du sang, des chants du sorcier, et de Soulaï qui prend sa kalach pour son papa et sa mama.

Je ne veux pas tout ça ! J'ai envie d'attraper mon frère par le bras, de m'enfuir loin de là. Je voudrais être morte, je m'accroche à la vie. Je dis « non » dedans, j'agis comme si je pensais « oui ». Pourquoi ?

Parce que je n'ai pas le choix.

Le jour du premier raid-village, juste avant d'arriver, un Liyanzi a refusé de combattre. Notre camion roulait à toute allure derrière un autre rempli de rebelles. Le garçon a jeté sa kalach par-dessus la ridelle, VLAM !

comme ça. On l'a tous fixé, la bouche et les yeux ronds. Il était très réservé, d'habitude, toujours obéissant, dur et concentré, la recrue préférée du sergent. Il s'est mis à trembler de tous ses membres, mais ses yeux lançaient des éclairs. Les hommes ont braillé à nous rendre sourds, notre chauffeur a freiné brusquement, on a été projetés pêle-mêle contre la paroi du fond. Les Frelons, les Liyanzis, les kalachs, le garçon.

— C'est quoi, ce bordel ? a gueulé le commandant Soussa en sortant de la cabine.

Les rebelles lui ont expliqué, il a fait descendre l'insoumis et lui a brisé la nuque. Puis il l'a jeté sur les cailloux et nous a ordonné de lui sauter semelles sur la poitrine. Chaque Liyanzi l'a fait. Moi aussi. Comme si le corps du garçon était celui d'un ennemi. Le message du chef était clair : notre vie n'avait aucun prix, s'opposer aux ordres, c'était mourir.

Tout le monde est remonté dans le camion, le convoi est reparti, et les Frelons nous ont donné à boire du lait magique dans des poches en plastique.

— Videz tout ! ils nous ont dit. Ça va vous rendre forts et braves pour votre première attaque de broussards.

En entendant ce mot, le passé a surgi d'un coup dans mon esprit. Je l'ai cueilli au vol. Pour ne plus penser au garçon et à nos pieds sur lui. Je me suis souvenue du jour où le ministre nous avait visités au village. Nous étions si petits ! Lulu n'était pas née, il y avait papa, mama et nos amis. Une dame nous avait photographiés devant la pierre inaugurale.

« Le président dépense beaucoup d'argent pour l'éducation des enfants de la brousse, avait-elle dit. La construction de votre école coûtera très cher. »

J'avais demandé ce qu'était cette brousse. Mama m'avait expliqué que, pour les gens du gouvernement, la brousse représentait tous les endroits qui n'étaient pas dans une ville, et qu'ils appelaient leurs habitants « les broussards ».

Je n'avais pas trouvé cela très joli. Pour qui se prenaient-ils ?

Et voilà que les rebelles s'exprimaient comme ceux du gouvernement !

Après, je n'ai plus réfléchi à tout ça. Le lait magique m'a vidé le cerveau et m'a rendue euphorique et puissante. Nous sommes arrivés au village pour le raid.

L'autre groupe nous avait précédés, c'était déjà un carnage. J'ai vu Mongo et Obi tirer sur des garçons de leur âge.

En sautant du camion, Soulaï m'a attrapé le bras.

— Nekeli, ne tue pas ! m'a-t-il soufflé. Vise les cailloux, les arbres, les marmites, les mouches, ce que tu veux, mais pas les gens. Nekelaïsouli, promets-moi !

J'ai souri, j'ai dit : « Promis. » Ensuite, malgré le lait magique qui transformait le sang en arc-en-ciel, le massacre m'a déchiré l'âme.

TAC-TAC-TAC-TAC-TAC. Les Frelons déchaînaient leurs kalachs. Soulaï, concentré, ouvrait le feu au coup par coup sur les villageois. Les autres Liyanzis épaulaient, visaient, mais n'appuyaient pas sur leurs gâchettes.

Il y avait trop de gens. Trop de gens vivants.

— Qu'est-ce que vous branlez, bande d'abrutis ! braillait le lieutenant du commandant Soussa. Si vous ne vous bougez pas dans la seconde, on vous explose la tronche !

Noumou a tordu son visage horrible féroce. Il a levé les mains au-dessus de sa tête et a lancé sa machette de toutes ses forces. Sa bouche gigantesque ouverte sur son hurlement muet. Sa lame s'est fichée dans un crâne. Son petit chétif de corps est allé la récupérer d'un pas déterminé, sans crainte des TAC-TAC-TAC-TAC-TAC autour de lui. Alors les autres Liyanzis se sont réveillés, ils ont tiré les broussards comme du gibier.

Moi aussi, j'ai tiré. Sur les cailloux. Des rafales de balles. Les détonations de ma kalach m'étourdissaient, ses secousses me démolissaient l'épaule. Je la connaissais pourtant, je m'entraînais depuis des mois, mais elle était devenue un animal enragé que je n'arrivais pas à dompter. Je n'entendais plus les autres coups de feu, rien que ses aboiements furieux.

Les mille couleurs sont devenues brouillard gris, le sang rivières noires. Une sueur âcre et glacée a dégouliné de mon front à mes yeux. Les rebelles ont pillé et brûlé en hurlant « AYAYA ! ». Je me suis appuyée contre une remorque, j'ai essuyé mon visage avec un pan de ma chemise. Soulaï a tourné vers moi son beau visage, ses yeux de guerrier m'ont transpercée. J'ai lentement remué la tête. « Non, Soulinekelaï, je n'ai pas tué. »

Nous sommes remontés dans le camion sous des salves de victoire.

Mon premier raid-village venait de s'achever.

*

Tous les jours nous recommençons les massacres.

Tous les jours.

Je ne troue pas les gens, mais c'est pareil que si je le faisais. Soulaï dit : « Vise les cailloux », je vise les cailloux. Lui, il tire sur les broussards. Deux fois plus vite que les Frelons et deux fois plus souvent.

Pour lui, il tire. Et pour moi. Il tue double.

« Saute semelles sur les corps », il ordonne. Je saute semelles sur les morts. Le commandant Soussa me félicite : « Bien, très bien, Tigresse ! » Il s'imagine que le lait magique me rend aussi sauvage que les autres Liyanzis. Mais je ne bois plus de lait magique. Presque plus. Juste assez pour trouver l'énergie de rester debout pendant le carnage. Dans le camion, je me sens une géante et dès que l'attaque commence, je deviens ver de terre. Ça se tortille à l'intérieur, ça se traîne comme une larve du début à la fin.

Avant que mes pieds ne les foulent, les cadavres me fixent avec cet air de reproche et d'horreur qu'ont les chèvres que l'on mène au boucher. Ils me dévisagent et m'accusent. Leur âme a quitté leur corps et s'est réfugiée tout entière dans leurs yeux ouverts pour m'examiner et me faire suer de honte.

Je pétris mes amulettes et je pense : « Allez, Nekeli, les morts sont vraiment morts, il ne peut plus rien leur arriver. » Je remplis mon cœur de sable noir. J'arrête de réfléchir, je ne ressens rien, je ne dis mot. Le sable se transforme en gouttes sèches. Comme si chaque victime avait laissé en héritage un sachet de larmes invisibles pour la pleurer.

Lorsque tout est fini, il y a la même eau desséchée dans les yeux de Soulaï, de Noumou, et d'un garçon nommé Luzolo. Dans ceux de Chacha, Koffi et des autres Liyanzis, il y a des flammes sauvages.

Le sergent les a conditionnés pour tirer, trouer, trancher, piller, brûler, ils s'amusent avec leurs kalachs, ils jouent à la guerre. Pour eux, assassiner est aussi naturel que boire de l'eau et quand il faut partir, après le raid, on dirait qu'ils n'en ont pas eu assez. Ils sont déjà en manque de tuer. Même lorsque les effets du lait magique se sont dissipés, ils se sentent invincibles et n'ont plus peur de mourir. Ils éprouvent autant de mépris pour la mort que pour la vie. Alors ils braillent « AYAYA ! » et tirent en l'air jusqu'à vider leur chargeur. Ils me rappellent les guerriers qui nous ont arrachés à notre village. Eux aussi faisaient chanter leurs armes.

Le soir, quand on rentre au camp, le sorcier purifie le commandant. Il lui tourne autour en proférant des grognements entrecoupés de cris perçants, pour éloigner les esprits malins et les fantômes des morts de la journée. Ensuite, le chef fait venir mon frère et le garde avec lui jusqu'au repas.

Lorsque je cueillais des plantes pour Temona en secret dans la forêt, je me suis entraînée à tout observer et à tout entendre sans jamais me faire prendre. Je file furtif du côté de la tente du commandant qui est un peu à l'écart. J'ouvre les yeux, les oreilles en alerte. J'épie, j'écoute, et chaque fois, je voudrais ne pas être là, ne pas voir et devenir sourde. Soulaï est attentif comme un fils et le diable lui parle comme un père. Il lui raconte sa vie avant la guerre et même sa vie quand il était enfant. Parce qu'un jour il a été enfant ! Oui, oui ! Pas un enfant de la brousse, un petit de la ville qui allait à l'école.

Ça intéresse mon frère. Je le lis sur sa figure. J'ai le vertige et envie de vomir, je pense : « Soulaï commence à bien aimer ce monstre qui a détruit nos vies. » Tout de suite après, je me dis : « Non, non ! Tu te trompes, Nekeli. Ce n'est pas possible. »

Je m'en vais coudre de nouvelles amulettes sur nos habits, ou j'aide à décharger les camions des autres groupes qui reviennent des raids-village. Ils sont pleins à ras bord des choses pillées : des armes, des munitions, des vêtements, des céréales, des fruits, des légumes, de la viande, du vin de palme... Nous sommes des vautours, la mort nous nourrit.

*

— Nekeli, attends-moi !

Je me retourne. Luzolo court dans ma direction, me rattrape et me déleste du gros jerrican d'eau que j'ai rempli au puits pour faire cuire le repas. Je le remercie d'un signe du menton et nous rejoignons l'abri des vivres. Il s'occupe d'allumer le foyer et de préparer le riz tandis que je sors un sac de haricots et m'assois sur mes talons pour les écosser.

Luzolo vient souvent m'aider quand je suis de corvée de cuisine. Il n'est pas très doué pour éplucher les légumes et désosser la viande, mais il s'efforce d'apprendre. Je me suis habituée à sa présence. Il est le seul avec Soulaï à ne pas m'appeler Tigresse, et quand il me regarde l'air timide, les yeux brillants, j'oublie un peu l'horreur des raids-village.

Au début, je me méfiais de lui parce qu'il ne nous ressemble pas. Il est incapable de faire la différence entre un plant de blé et une pousse de millet, il ne sait ni fabriquer un outil avec des bâtons et de la ficelle, ni décortiquer le sorgho, ni traire une chèvre... toutes ces choses que nos parents nous ont enseignées en même temps qu'ils nous apprenaient à marcher et à parler. Je ne lui ai pas posé de questions sur son passé, aucun d'entre nous ne raconte sa vie d'avant. Mais pas besoin d'être bien futée pour comprendre qu'il est né à la ville.

Qu'importe qu'il ne connaisse rien aux usages de la campagne ! Il est comme nous, au fond, il n'aime pas faire la guerre. Il ne me l'a pas dit, bien sûr, mais jamais il ne pousse de « AYAYA ! » après les massacres, il ne s'amuse pas comme les autres Liyanzis à compter le nombre de villageois qu'il a tués. Il refuse que le sorcier grave des ailes d'hirondelles sur son dos. À la place, il trace des signes sur des bouts de bois avec son couteau, puis les enterre à l'écart du campement.

Un jour, j'ai osé lui demander pourquoi il faisait cela. Il a baissé la tête et m'a répondu que c'était des prières qu'il inscrivait, sa manière de demander pardon aux pauvres gens qu'il avait assassinés.

Sa voix a vacillé, la fin de sa phrase s'est étouffée entre ses dents serrées. Ce n'était pas une comédie qu'il me jouait pour m'exploiter ou se moquer de moi, il me faisait confiance. Depuis, je lui apprends la vie de broussard et il me raconte les rues encombrées de vélos, de motos et de voitures dans les villes qui sont, d'après lui, des endroits plus immenses que cent villages collés ! Avec des milliers de maisons hautes comme cinq cases posées les unes sur les autres et des marchands de tout ce qui peut exister.

Je sais qu'avant d'aller vivre dans des bases cachées le commandant Soussa et Grand Cobra habitaient chacun dans une ville, mais ce n'était pas les mêmes que celle du président de notre pays. Ils possédaient assez d'espace et de richesses pour vivre mille vies tranquilles. Pourquoi partir en guerre alors que c'était si grand et si luxueux chez eux ? Et pourquoi mêler à leurs histoires les villageois de la plaine et ceux des collines ?

C'est injuste et cruel. Les gens des campagnes ne comprennent rien à la « corruption » et à la

« dictature » ! Ils ne savent même pas ce que ça signifie, et moi non plus ! Les soldats gouvernementaux donnent des fusils à nos pères sans leur demander leur avis, et les rebelles les assassinent pour les punir de soutenir le pouvoir du président. Ils leur volent leurs armes, leurs chèvres et leurs provisions, et détruisent les symboles de leurs ancêtres. Quand ils ont besoin de nouveaux guerriers, ils nous prennent, nous, les enfants.

Je suis fatiguée. Jamais je n'aurai le courage de ce garçon qui préférait qu'on l'exécute plutôt qu'on l'oblige à tuer. Aucun Liyanzi n'abandonnera sa kalach, les Frelons le savent et ils en profitent. Ils nous imbibent de lait magique et nous ordonnent d'assassiner des familles entières, comme si ce n'était rien de décimer les habitants des collines qui sont pareils que nos mamas et nos papas des plaines.

Au fond, le président et les rebelles ont raison, nous sommes tous des broussards. Ceux qui tuent et ceux qui meurent. Tous les mêmes : des victimes impuissantes de ces fous furieux qui ne portent ni le peuple ni la patrie en eux. Parce qu'ils n'ont pas de cœur.

Je palabre sans fin sur la brousse et les questions s'entassent dans ma tête. C'est le seul moyen de garder intact mon esprit pour réfléchir à ma fuite avec Soulaï. Je ne suis plus une petite fille sans cervelle, je sens que le temps presse. Je tourne et retourne les pensées jusqu'à l'épuisement, et je rêve de liberté. Oui, de liberté. Même si le désespoir m'accable et que je voudrais parfois devenir comme les autres, une guerrière sans âme, dénuée de volonté. Je résiste, je me rappelle notre village et notre promesse. Ils s'empreintent en moi avec plus de vigueur que le serpent de Grand Cobra sur mon épaule. Je ne me fais pas d'illusions, je sais qu'ils sont partis en fumée, les jours tranquilles où nous étions enfants. Nous ne pêcherons plus dans la rivière, nous ne surveillerons plus les chèvres et nous ne nous régalerons plus de manioc et de bananes plantains avec notre famille. Pourtant je veux croire qu'un jour le malheur s'arrêtera.

Il y a Soulaï, il y a moi. Tant que nous sommes ensemble, j'espère.

11

On dirait que le temps ne passe pas et pourtant il passe. Le jour devient la nuit, la nuit devient le jour. On massacre les villageois, les villageois meurent. Ça court, ça tire, ça troue, ça gicle, ça supplie, ça se fend en deux, en trois, ça gueule, ça viande partout, c'est notre vie de vivants morts. Le jour on tire rafale, la nuit on recharge.

J'ouvre les yeux. La lumière est noire du ciel, orange des flammes du foyer. Les Frelons et les Liyanzis dorment, étendus par terre, leurs armes à zéro centimètre d'eux. La mienne repose en travers de mon ventre. Ma kalach, c'est mon troisième bras. Je mange avec, marche avec, dors avec. Pas sûr que je puisse respirer sans elle.

Avant, il y avait un village à la place de notre camp. Joli, avec des cases en bois au toit de chaume, des femmes, des hommes, des enfants, et des palmiers très hauts qui brossaient les nuages du ciel, donnaient de l'huile et de la sève.

Après l'attaque, nous avons ramassé les victimes et nous en avons fait une montagne, de l'autre côté de la piste. Nous les avons empilées pareil que du bois ou un simple amas d'ordures. En y mettant le feu, les Frelons blaguaient entre eux et des Liyanzis riaient. Koffi et Chacha étaient de ceux-là. Mais pas Soulaï, Noumou, Luzolo et moi.

J'espère que les âmes des incendiés ont pu garder leurs plumes intactes pour voler jusqu'à un endroit en paix où il y a encore des palmiers.

Parce que les palmiers de ce joli village, nous les avons coupés, et les buissons, nous les avons tondus. Nous avons aussi rasé les cases et les cultures. Pour voir les ennemis approcher.

« Le coin est sûr, il ne reste que des broussards, les Scorpions de Grand Cobra l'ont nettoyé des gouvernementaux, a dit le commandant Soussa. Mais on ne sait jamais, ces chiens galeux sont sournois. »

Les oiseaux, les insectes et les autres animaux qui s'abritaient ici ont pris la fuite. Rien ne chante autour de nous, rien ne bourdonne, ni ne stridule, ni ne gazouille, ni ne siffle, ni ne couine. Il n'y a même pas de moustiques. On n'entend que le son confus de la rivière qui foule les cailloux à petits flots. Son eau était riante, pas cuivrée dorée comme chez nous, mais bleue, transparente et fraîche de vie. Remplie de grenouilles et de petits poissons. Depuis que nous

nous lavons dedans et que nous y vidons nos intestins et nos déchets, elle n'est plus claire du tout et elle pue.

Noumou ronfle léger, ses doigts serrés sur le manche de sa machette. Les ailes d'hirondelles des vies qu'il a arrachées ne sont pas gravées sur sa peau, mais sur le bois de ce manche. Tous les soirs, il le polit avec un coin de chemise, le visage tranchant, les yeux rouges des reflets de la journée. En le regardant, je pense : « Qu'ont-ils fait du petit prince de tonton Kanyi et mama Kimia, qui bondissait d'une pierre à l'autre dans la rivière, et amusait tant ma grand-ma' ? »

Les sentinelles rondent, leurs ombres sentinellent dans leurs pas. Soulaï n'est pas étendu à côté de moi.

J'enrage en silence. Le commandant Soussa ne le laisse plus dormir, il le fait venir dans sa tente et discute avec lui des heures ! Ça agace le lieutenant Frelon qui sent que mon frère prend trop d'importance auprès de son chef. Il est nerveux, brutal, j'ai peur du jour où il montrera réellement les crocs.

Je rampe couleuvre, saute, file, coulisse entre les têtes et les pieds. L'entraînement m'a bien éduquée, je suis l'invisible serpent. Je me glisse jusqu'à la tente du commandant. Le menton dans les cailloux, le regard aigu, les oreilles en alerte, j'épie. Je vois la toile roulée devant, la moustiquaire inutile, la lampe dedans, le monstre assis derrière une table, Soulaï à ses côtés. Je sais de quoi ils parlent. Le chef apprend à mon frère comment faire la guerre avec sa tête. Il lui explique les techniques d'encerclement de l'ennemi, les stratégies de combat, et la façon de lire les cartes.

« Les cartes, m'a décrit Soulaï émerveillé, c'est notre pays dessiné en couleur sur des feuilles immenses, avec les villes, les villages, les fleuves, les rivières, les cascades, les lacs, les plaines, les montagnes, les pistes, tout ! Même les cases isolées, les sentiers et les marigots. Le pays entier sur un papier ! »

Le commandant Soussa montre à Soulaï les endroits avec la pointe de son couteau, trace des trajectoires et des itinéraires, explique la position des rebelles et celle de l'armée régulière, décide des lieux à attaquer. Pour lui, notre territoire est un morceau de viande juste bon à découper.

— Tu vois, gamin, demain on ira là, derrière cette colline. Ça nous prendra trois jours de marche. Mes éclaireurs m'ont signalé qu'une patrouille d'espions de l'armée régulière s'est infiltrée dans ce secteur.

Soulaï se penche pour regarder de plus près.

— C'est vert foncé, il y a une forêt ?

Le commandant sourit.

— Bien vu ! Tu apprends vite !

Sa lame tapote le papier.

— C'est une jungle touffue, aucune visibilité. On va contourner la colline par l'ouest. Vu leur position, ces chacals nous attendront de l'autre côté. On les prendra à revers.

— Par l'ouest, il y a une rivière à franchir, ce sera plus long et fatigant.

Je suis glacée à l'intérieur. Soulaï parle au commandant naturellement, sa voix ne tremble pas. Depuis quand n'a-t-il plus peur de lui ?

— Il vaut mieux être fatigué que mort, mon garçon.

La mâchoire du chef se contracte, il ajoute :

— Je les veux, ces salopards ! Implorants comme des femmes à mes pieds !

La sueur coule sur son visage, il tire son pistolet de sa ceinture.

— Je les crèverai un à un.

La haine suinte par tous ses pores, sa peau brille sous la lampe.

Plus un bruit dans la tente, je n'ose pas respirer.

— Je... je peux vous poser une question ?

— Mmmm ?

— Pourquoi vous les haïssez tant, les gouvernementaux ? Alors que...

La fin de sa phrase s'étrangle dans la gorge de mon frère. Les lèvres du commandant se serrent jusqu'à devenir une fente, ses doigts se crispent sur la crosse. Soulaï se raidit.

Mon cœur s'emballe. Qu'est-ce qui lui a pris ?

— Quelqu'un t'a raconté quelque chose à propos d'eux et de moi, petit ?

Soulaï a perdu sa langue. Le chef repousse violemment la table, lui attrape l'oreille et le force à s'agenouiller.

— Qui t'a parlé, et de quoi ? gronde-t-il.

— Le... le lieutenant, bredouille mon frère, il dit que vous étiez dans l'armée régulière avant... avant de commander les Frelons.

Quelque chose frémit à droite de la tente. Ma tête reste immobile, mes yeux pivotent. J'écoute le silence et je vois l'invisible. J'aperçois une forme ramper, s'éloigner, et se fondre dans l'obscurité. Les sentinelles n'ont rien remarqué, rien entendu. Quelqu'un épiait. M'a-t-il vue ? Je reste allongée, j'attends. Rien ne se passe, mes yeux retournent à Soulaï.

Le commandant l'a repoussé sur le sol. Il ne sait plus quoi faire de son corps et reste accroupi, tête baissée, conscient de son erreur.

— Ce que je vais te dire, tu le gardes pour toi. Compris ?

Mon frère dit « oui » avec sa tête.

Le diable parle bas, absorbé par ses souvenirs :

— Au début de la guerre civile, je dirigeais une troupe de l'armée régulière dans une province du sud. Un endroit encore plus isolé que chez toi, dépourvu de pistes, avec des villages modestes, entourés de culture. Les rebelles gagnaient du terrain, mais ils manquaient d'armes et de munitions, leurs ressources et leurs effectifs étaient encore limités. J'ai fini par trouver l'emplacement de leur base secrète dans la forêt. Il suffisait de les encercler et de les attaquer par surprise. J'en ai parlé au colonel de mon régiment. Le colonel Mavuka.

Il crache ce nom.

— Il m'a demandé combien de temps cela prendrait. C'était l'affaire d'une semaine à peine. Mavuka a refusé. Il préférait suivre son propre plan qui, selon lui, exterminerait l'ennemi en un jour. Cela signifiait mener l'assaut avec nos troupes motorisées, décimer tout ce qui se trouverait sur notre passage, quitte à détruire les villages et écraser la population si elle ne fuyait pas assez vite, puis fondre sur Grand Cobra comme le léopard sur sa proie.

Il s'interrompt, ses lunettes braquées sur mon frère.

— Mavuka était du genre à rester à l'arrière en cas de danger, il m'a chargé du commandement de l'opération. Arrivé devant le premier village, j'ai ordonné aux chauffeurs des blindés de manœuvrer pour le contourner. Nous avons perdu trop de temps, Grand Cobra a été prévenu, il a réussi à s'échapper et en a profité pour changer de base.

D'un revers de manche, il essuie son front ruisselant.

— Mavuka était furieux de notre défaite, il a ordonné qu'on rase le village et qu'il n'y ait aucun survivant pour témoigner de ce qu'il appelait *ma trahison*. Il m'a fait torturer, défigurer, il a assassiné ma femme et mon fils, et m'a laissé croupir dans un cachot. Rester en vie, c'était mon châtiment pour avoir désobéi. L'un de mes anciens sergents a soigné mes blessures et m'a aidé à m'échapper. Tu le connais, c'est lui qui t'a entraîné.

Il garde le silence un instant, puis il ajoute :

— Un vrai rebelle ne doit pas avoir de conscience. J'ai enterré mon âme dans ce cachot, puis j'ai changé de camp.

Il fait tournoyer son pistolet entre ses doigts, l'agite sous le nez de Soulaï.

— Mais avant de partir, je suis passé dire adieu au colonel Mavuka et j'ai récupéré son joli colt à crosse de nacre. Histoire de ne jamais oublier ma haine.

Il le rengaine et pose ses mains sur les épaules de mon frère.

— Relève-toi, et file me chercher ce chien de lieutenant.

12

Vite, vite ! Je m'esquive avant que Soulaï ne sorte de la tente. Vite, vite ! Je me glisse à côté de Noumou.

Mon cœur pilonne ma poitrine. Je sue, j'ai froid, je tremble. Pourquoi le commandant Soussa a-t-il raconté cette histoire à mon frère ? Maintenant que je sais, je le hais encore plus. Il tue les pères, les mères, égorge les vieux et les faibles, enlève les enfants les plus robustes pour en faire des monstres à son image. Il force Temona, il nous terrorise tous, sème la mort partout où il passe. Comment peut-il commettre de telles atrocités alors qu'il a connu la douleur de voir les siens assassinés ? Ce diable n'est plus humain. Rien ne justifie sa cruauté, rien.

Le souffle court, je regarde Soulaï se diriger vers la cabine du camion où dort le lieutenant. Cette vermine va se faire cogner par le chef pour avoir livré ses secrets. Soudain, je pense : « Ce n'est pas normal, un officier n'a aucune raison de se confier à un "sale

Liyanzi", comme il dit… ou alors… il savait que Soulaï se sentait en confiance et ne tiendrait pas sa langue ! Il voulait qu'il énerve le commandant et se fasse punir ou tuer pour lui avoir parlé de ces choses privées. » Je ne peux empêcher mes lèvres de sourire. Il va bientôt regretter d'avoir imaginé ce plan de traître !

Mais il n'arrive rien de grave au lieutenant : Soulaï ne le trouve pas. Il le cherche dans les autres camions, dans le camp, partout. Il n'est nulle part. Les sentinelles courent, les hommes et les Liyanzis se réveillent, s'agitent et s'énervent. Le commandant sort de sa tente, on lui apprend que son lieutenant s'est enfui et il n'a même pas l'air étonné. Il ne lance personne à sa poursuite. Une joie sauvage se dessine sur son visage.

— On va bien s'amuser…, se contente-t-il de murmurer.

Il se retire chez lui avec le sorcier. Personne ne crie « AYAYA ! », même les Frelons semblent préoccupés.

Je songe que le lieutenant était peut-être cette ombre qui espionnait Soulaï et le chef tout à l'heure. Il a compris que les choses tournaient mal pour lui…

« C'est possible, alors ? je me dis. C'est possible de s'échapper ! »

Au petit matin, un camion dépose notre groupe à l'orée de la forêt. Nous sommes armés jusqu'aux dents et couverts d'amulettes. Douze Liyanzis chargés de sacs à dos remplis de provisions, trente Frelons, et le commandant Soussa. Nous partons régler leur compte aux espions de l'armée régulière. Aucun Liyanzi n'a encore combattu contre des militaires. C'est facile de tuer des broussards, mais faire la vraie guerre, je ne sais pas si on pourra.

Mon ventre se tord, la frayeur se faufile de ma poitrine à ma tête, m'oppresse, m'écrase les os, me comprime le cerveau. Heureusement, des ethnies inconnues d'insectes viennent nous attaquer. Ça me distrait de regarder les autres remuer leurs mains pour les chasser, et secouer leurs épaules, leur derrière et leur kalach. On dirait des apprentis sorciers qui gigotent une danse inventée. Soulaï, Noumou, Luzolo et moi, on est tranquilles, j'ai prévu. On a mis du parfum chasse-moustiques que je fabrique comme Temona quand j'ai un moment. Les bestioles n'ont pas l'air d'aimer, elles nous laissent en paix et on regarde les autres se trémousser. Même sans lait magique, ça nous fait rigoler.

Devant nous, c'est un vrai bazar de végétation. Les pisteurs ouvrent un passage à la machette et notre colonne s'enfonce dans la jungle. Soulaï m'a appris à reconnaître l'est et l'ouest en regardant le soleil. Et là, je vois bien que nous sommes à l'est de la colline. Ce n'est pas ce que le commandant avait prévu, je ne comprends pas ! Mais je ne peux en parler à personne. Pas même à mon frère. C'est la première fois que je garde un secret pour moi toute seule. Je pense à cette grande tristesse que je ressens et une branche me cingle la figure. J'atterris sur le derrière, sonnée. Soulaï et Luzolo me regardent, les yeux ronds. Obi qui marche derrière moi s'énerve et m'engueule. Alors je me dis que ce n'est pas le moment de réfléchir.

La jungle crie très fort. Des oiseaux, des singes, ça n'arrête pas. Les arbres sont rouges, verts, chargés de gros fruits mauves. Leurs feuilles nous épinent les bras, nos pieds s'enfoncent dans la terre grasse, des chenilles bleues se tortillent, prisonnières de labyrinthes de fils blancs, tendus entre les troncs. À l'affût, des araignées noires rayées jaune salivent. De voir toutes ces couleurs et ce vivant me gonfle d'énergie. Je ne sens pas la fatigue dans mes jambes, la peur ne secousse plus mon corps, je suis éblouie.

On se fraie un passage là au milieu et au bout d'un très long temps, on finit par déboucher sur une voie tracée par des animaux. Le chef pisteur s'accroupit et lit les empreintes sur le sol.

— Une femelle mondonga et son petit, dit-il.

Il effrite une boule d'excréments entre ses doigts.

— Déshydratés. Ils vont à la rivière.

— Ça tombe bien, nous aussi, murmure le commandant.

Les pisteurs glissent leurs machettes dans leurs ceintures et nous suivons le chemin des mondongas. Peu après, nous arrivons dans un campement abandonné. Avec des boîtes de nourriture en fer jetées entre les arbres et couvertes de fourmis. Des dizaines d'empreintes de semelles crantées se chevauchent sur la terre.

Le chef plisse le visage de plaisir.

— Combien sont-ils ?

— Je dirais entre quarante et cinquante hommes, répond le chef pisteur. Partis tôt ce matin.

— Allez, allez ! Pas de temps à perdre, GROUILLEZ-VOUS !

Nous repartons au petit trot. Ça dure des heures et des heures. À la tombée de la nuit, le commandant nous ordonne de stopper.

— On va bivouaquer là, murmure-t-il. Pas de lumière, pas de feu, le premier qui l'ouvre ou qui pisse comme un éléphant...

Les éclaireurs partent en repérage, Nous sortons les provisions des sacs et nous mangeons rapidement. La lumière blanche de la lune s'infiltre entre les feuilles. Le diable observe Soulaï derrière ses verres et je voudrais qu'il tourne la tête ailleurs. Comment je peux me coller contre mon frère avec ce regard-là ? Jamais il ne le lâche ! La colère monte de mon ventre à ma gorge. J'ai envie de lui crier de s'occuper d'un autre Liyanzi. Les doigts de Soulaï rampent jusqu'aux miens. Frotte, frotte sa paume sur ma main.

Je ne peux pas dormir. La forêt d'ici ne respire pas de la même manière que celle de la base du commandant Soussa. À force d'être aux aguets, mes oreilles sont entraînées, elles entendent trop bien et sont curieuses de la moindre vibration. De grosses chauves-souris tournent en rond au-dessus de ma tête, puis fondent sur un arbre pour se nourrir de ses fruits. Leurs ailes chiffonnent les feuilles, le jus gicle sous leurs dents pointues. Partout autour de nous, des milliers de pattes de milliers d'insectes arpentent les brindilles et les écorces humides. Des animaux chassent, d'autres se séduisent, des branches craquent, des lianes se balancent, la sève coule des troncs, en moi résonne l'écho sonore du monde de la nuit.

Quelques heures plus tard, les éclaireurs reviennent.

— On les a trouvés ! murmure l'un d'eux. Leur campement est à trois kilomètres de la rivière.

Le commandant sourit, carnassier.

— Ils nous attendent après-demain. Malheureusement pour eux, nous ne sommes pas passés par la rivière.

— On a compté quarante-huit hommes, dont deux officiers et...

L'homme hésite à poursuivre.

— Il est avec eux ? demande le chef.

— Oui, mon commandant.

Mon cœur saute comme un grillon fou. J'ai compris de qui il parle.

— Parfait ! On y va !

Les Frelons nous secouent pour qu'on se lève. On laisse nos chaussures, nos sacs, on n'emporte que nos armes et nos munitions. Nos pieds nus ne font pas plus de bruit que les pattes d'un prédateur en chasse. Les singes piaillent, les oiseaux nocturnes jacassent, je lève le nez pareil qu'un chien. Je fouille la nuit du regard jusqu'à ce que mes yeux arrivent à voir à travers. Mes oreilles traquent le moindre son. Nous marchons, marchons longtemps et à un moment, je stoppe. Soulaï me rentre dedans. « Qu'est-ce qui te prend ? » s'inquiète son visage.

Je sens.

Le commandant Soussa tourne la tête vers moi. Les éclaireurs s'arrêtent à leur tour, et derrière eux, tout le groupe.

Je sens l'air qui porte des odeurs d'hommes et celle de la matière brune à l'intérieur des balles. J'entends les respirations des dormeurs, le souffle calme des sentinelles dissimulées dans les arbres, de l'autre côté de la clairière qui nous fait face. L'une d'elles se frotte le bras, ses ongles griffent le tissu rêche de sa chemise.

Plus un bruit entre les troncs. Les singes ont disparu, les oiseaux se sont tus. Voilà la peur mouillée, ma chemise est trempée.

Les poches de lait magique circulent silencieusement. Cette fois, je veux en boire, parce que sinon je vais faire demi-tour vite, vite, et la machette du chef me tranchera la gorge avant que j'aie couru trois pas. Je porte la gourde à mes lèvres, mon frère m'arrête. « Non, non », fait sa tête. Lui non plus n'en prend pas. Je me désespère en dedans : « Laisse-moi, Soulaï ! Comment je pourrai avancer si je ne suis pas une géante ? » Son menton me désigne une souche à quelques pas, je ne comprends pas. Mon cou se crispe, c'est dur de respirer. La mort rôde dans le silence, nous menace, se faufile, déploie ses bras immenses.

Le commandant parle avec ses mains. Ses gestes sont rapides et précis : les Liyanzis, avancez devant. Les Frelons encerclez et attendez. Soulaï, grimpe dans cet arbre. Quand c'est le moment, tu vises, tu tires.

Chaque Liyanzi prend une inspiration mais l'air ne veut pas descendre. Les figures sont tendues, les mâchoires coincées à cause du souffle bloqué. On y va, on y va. Kalach en avant, pieds bien à plat, comme nous l'a appris le sergent. Les autres deviennent géants, je reste limace. ON Y VA ! ON Y VA !

— EMBUSCAAAADE !

Ça y est ! Un guetteur nous a repérés. Ça s'agite droit devant, j'entends claquer des leviers d'armement. On y va, on y va... attention... chut serpent.

RA-TA-TA-TA-TA, aboient les balles des ennemis.

RA-TA-TA-TA-TA, RA-TA-TA-TA-TA.

Frelons cachés, caché le commandant Soussa. Soulaï dans son arbre, Liyanzis chair à fusil.

RA-TA-TA-TA-TA, RA-TA-TA-TA-TA.

Je m'aplatis, rampe jusqu'à la souche.

RA-TA-TA-TA-TA. Les Liyanzis paniquent, TAC-TAC TAC-TAC TAC-TAC-TAC, tirent n'importe comment. RA-TA-TA-TA-TA, RA-TA-TA-TA-TA, RA-TA-TA-TA-TA.

Je me coule derrière un tronc couché. Je ne l'avais pas vu, Soulaï si.

RA-TA-TA-TA-TA, RA-TA-TA-TA-TA.

Je m'incruste dans l'écorce pourrie.

RA-TA-TA-TA-TA, RA-TA-TA-TA-TA, RA-TA-TA-TA-TA. Les Liyanzis glapissent, se débandent, et pleurent, et crient, et tombent comme des mouches. RA-TA-TA-TA-TA, RA-TA-TA-TA-TA. Les ennemis sortent du bois. RA-TA-TA-TA-TA ici ! RA-TA-TA-TA-TA là ! RA-TA-TA-TA-TA la poitrine de Koffi !

Noumou bondit.

RA-TA-TA-TA-TA celui-ci, RA-TA-TA-TA-TA celui-là, RA-TA-TA-TA-TA la figure de Chacha !

Noumou fend l'air.

RA-TA-TA-TA-TA, RA-TA-TA-TA-TA.

Noumou vole éclair.

SHHHHLAK ! Machette. SHLAK !

RA-TA-TA-TA-TA.

SHLAK ! SHLAK ! SHLAK ! Pendouille la main de l'ennemi.

TAC-TAC-TAC-TAC-TAC !

TAC-TAC-TAC-TAC-TAC !

TAC-TAC-TAC-TAC-TAC !

Soulaï tire et troue, tire et troue, tire et troue. Il en abat six, sept, huit qui basculent en arrière, balayés par les balles. Les autres comprennent enfin qu'on leur prépare un sale coup, leurs fusils ripostent au hasard. Mais aucun ne menace la position de mon frère, et c'est trop tard, ils sont à découvert. Les Frelons sautent de partout. Les tirent, les trouent, les tirent, les trouent.

TAC-TAC-TAC-TAC-TAC !

TAC-TAC-TAC-TAC-TAC !

TAC-TAC-TAC-TAC-TAC !

Je vois le commandant Soussa debout dans la bataille. RA-TA-TA-TA-TA. PAN ! PAN ! SHLAK ! TAC-TAC-TAC-TAC-TAC. Il enlève ses lunettes. SHLAK ! SHLAK ! SHLAK ! TAC-TAC-TAC-TAC-TAC. Je vois. RA-TA-TA-TA-TA. Sa paupière difforme. TAC-TAC-TAC-TAC-TAC. PAN ! PAN ! Un bourrelet de chair. SHLAK ! RA-TA-TA-TA-TA. TAC-TAC-TAC-TAC-TAC. Son œil penché va se décrocher. RA-TA-TA-TA-TA. Pistolet main droite. PAN ! PAN ! Machette main gauche. SHLAK ! Le diable rit. Troue, coupe, troue et rit. PAN ! SHLAK ! SHLAK ! PAN ! SHLAK ! PAN ! Sa chemise, déchirée, rouge, rouge, rouge. Un ennemi derrière lui, canon dans son dos. TAC ! Une balle de Soulaï. L'épaule de l'homme explose. Le commandant se retourne, son rire sauvage couvre le cri des armes. SHLAK ! Sa machette se plante dans les reins de l'ennemi.

Ferme tes yeux, Nekeli. Ferme tes oreilles.

Silence.

Silence.

Absence.

Mes paupières frémissent, s'entrouvrent. Sur le tronc couché, une colonie de fourmis avance, chargées de feuilles et de brindilles. Je relève la tête. Je vois. J'entends.

Cris.

Le commandant Soussa souffle fort, son pistolet fume, goutte sa machette. Rouge sa chemise.

Cris.

Rouge chemise jetée à terre. Diable géant, torse découvert. Tire ses lunettes de sa poche arrière, les pose sur son nez. Sa poitrine est un champ de bataille. Couturée, zébrée, fissurée. Boursouflée de balafres anciennes, griffée de coupures ruisselantes.

— Sniper ! il braille. Viens, Sniper !

Je vois des larmes sur la figure d'un ennemi étendu à quelques mètres de moi. Il renifle, tousse, crache du sang. C'est fini.

Cris. Cris. Cris.
Crient les cris crient.
Supplient.

Celui-là vit encore. PAN ! PAN ! Il est mort.

Luzolo se glisse derrière moi. Noumou s'assoit sur la souche, s'essuie le visage. Mort Koffi, mort Chacha, mort Obi. Cris de douleur et cris d'horreur des allongés encore en vie.

— Bouge ton cul, Sniper !

Soulaï descend de l'arbre, marche entre les corps. Marche entre ceux des Liyanzis, ceux des ennemis. Ceux de un, deux, trois, quatre Frelons. Marche entre les cris. Sniper, c'est lui.

Il reste un ennemi à la verticale, soutenu par Mongo qui lui meurtrit le bras. Un homme vivant, le crâne sanglant, la cuisse béante. Le lieutenant.

Le lieutenant devant son commandant.

Il s'est enfui, il l'a fait, il a réussi. Il pouvait échapper à la guerre, disparaître, oublier peut-être, dormir enfin, s'effacer et renaître. Je l'ai bien détesté, ce lieutenant-là, je l'ai haï. Ensuite, je l'ai envié.

Il s'est enfui, il a réussi, et il a couru livrer les plans de son chef à l'ennemi. Pourquoi ?

Marteau dans ma tête, le sang fouette derrière mes tempes. Il va se passer quelque chose que je ne veux pas. Je me lève pliée tordue, me redresse et reste plantée à côté du tronc couché, Luzolo dans mon dos,

Noumou sur la souche. Je n'entends plus les cris, le temps ralentit.

Le commandant Soussa fait le même sort au traître de lieutenant que nous aux poules. Il tord, il tranche. Ensuite, il rugit un ordre. Celui qui plonge et arrache, c'est Soulaï.

— AYAYA ! AYAYA !

Je tremble, je croule, une main me retient.

— Ne regarde pas, me souffle Luzolo, ça ne sert à rien.

13

Aujourd'hui, c'est repos pour ceux qui sont revenus de l'opération dans la jungle. Ils oublient la guerre, chacun à sa manière. Noumou dort, Luzolo dort, les Frelons chantent et dansent. On dirait qu'ils s'amusent à retourner dans le temps d'avant. Il y a beaucoup de jeunes, il y a Mongo. Son corps est long et souple, sa peau soyeuse, ses muscles fins, ses dents si blanches. On peut être beau, très beau même, et tuer des gens.

Je rôde du côté de la tente du commandant Soussa. Le meilleur moyen de ne pas me faire remarquer lorsque j'espionne de jour ce qui se passe là-dedans, c'est de ne pas me cacher. J'occupe mes mains à quelque chose, tout le monde pense « la Tigresse fait ceci » ou « la Tigresse fait cela », et plus personne ne s'intéresse à moi. Alors mes yeux roulent sur le côté et j'envoie mes oreilles traîner.

Par exemple, cet après-midi, j'ai fabriqué une pelle en attachant un morceau de planche à une branche avec de la ficelle et j'ai dit : « Je vais creuser un petit puits. » Ma pelle travaille, j'écoute, j'observe.

Le sorcier marmonne pour lier les âmes des militaires que mon frère a tués hier. Il grave sur son dos de nouvelles hirondelles avec la lame chauffée de son couteau. Elle est fine, aiguisée, et ressemble à une plume.

— Tu ne crains pas la mort, Sniper, c'est bien, dit le commandant Soussa, mais je sens que les âmes de ton père et de ta mère vivent en toi. Tu souffres encore de tuer parce que tu as peur de t'éloigner d'eux.

Soulaï ne dit rien.

— Il n'y a pas de place pour les innocents et les généreux dans l'armée de Grand Cobra. Je t'observe depuis que nous avons quitté la base, tu as la guerre dans le sang. Ne laisse pas le souvenir de tes parents prendre le dessus.

Je racle la terre rouge, déblaie les cailloux, je creuse mon trou.

— Ce serait regrettable, Sniper. Très regrettable, car je veux te former. Tu as l'étoffe d'un grand guerrier. Tu ne rates aucune de tes cibles, tu tires vite, très vite. Tu tires même pour deux.

« Il sait ! je me dis avec effroi. Il sait que je ne tue pas et que Soulaï le fait pour moi. »

Ma respiration s'affole, mes mains sont moites. Je creuse, creuse, je ne veux plus l'écouter. Mais mes oreilles continuent à entendre.

— Tu es un Frelon, à présent, mon garçon. Tu ne dois plus protéger personne, mais te concentrer sur ta mission. Il est temps d'éloigner tout ce qui pourrait t'en distraire et de laisser définitivement ton passé derrière toi.

Le commandant se penche sur mon frère.

— Tu comprends ce que cela signifie, *caporal* Sniper ?

Caporal ? Je ne veux pas regarder Soulaï et le voir hocher le menton. Je ne veux pas qu'il oublie papa, mama et le village. Je creuse, creuse ce trou qui restera à jamais vide. Une tombe à ciel ouvert parce qu'il n'y a rien à recouvrir. Je creuse, creuse, et ce gouffre devant moi, de plus en plus béant, de plus en plus profond, est celui que mama, papa, Lulu et grand-ma' ont laissé dans mon cœur.

« Soulinekelaï, je chuchote à mon frère. Nous avons survécu et il nous faut vivre *avec* ce manque. Pas sans. »

Il ne m'entend pas, ferme son esprit, je ne peux plus l'atteindre.

Moi aussi, j'ai compris le sens des paroles du commandant. Il veut que je disparaisse de la vie de Soulaï. Je fixe le trou avec la sensation d'avoir creusé ma propre sépulture.

« Qu'est-ce que je peux faire, mama ? Qu'est-ce que je dois faire ? »

Je m'efforce de laisser entrer l'air dans mes poumons, je lève le regard. Les battements de mon cœur ralentissent, mes paumes s'assèchent.

Là-haut, dans le ciel, trois petits nuages. Et un oiseau. Il flotte dans le bleu, dans le blanc, dans le bleu. Il y a dans son vol la grâce des vagues, la légèreté du vent. C'est un simple oiseau de passage, mais moi sur terre, je le regarde et je ne peux rien voir d'autre, tant je voudrais avoir ses ailes, tant je voudrais voler.

Les convois reviennent des raids-village, fini les danses, fini les chants. Les Frelons courent vers les camions. L'oiseau me dit adieu, je tourne le dos à mon trou.

Ce soir, je convaincrai mon frère de s'enfuir avec moi.

14

Soulaï ne mange pas avec nous, il ne sort pas de la tente du commandant Soussa. La toile de la porte est déroulée, je ne peux pas le voir, ça me grabuge la tête et le ventre. Je me force à avaler mon gombo et mon riz pili-pili. Assise sur mes talons, je guette. Je ne suis pas tranquille. Un Frelon et sa kalach me collent de près.

« Allez, allez, Soulinekelaï, rejoins-moi ! » je pense très fort, en fixant la toile. Mais mon frère ne vient pas. L'air se remplit de bulles irisées et la tente tangue pareil qu'une pirogue emportée par le courant. Le soleil se couche derrière la colline, ses rayons plongent en moi, m'inondent de lumière. Je grandis, grandis, je peux le saisir entre mes doigts. « Oh non, Nekeli ! je me dis. Il y avait du lait magique dans la nourriture, tu n'as rien senti ! » Ensuite je trouve que ce n'est pas si grave, parce que je peux me promener en portant le soleil, caresser la lune, cueillir les étoiles et m'enrouler dans le beau pagne de la nuit.

Un grondement à peine perceptible me réveille en sursaut. « Des moteurs ! » je pense. Je bondis silencieusement sur mes pieds, kalach au poing. Soulaï n'est pas là. À part les sentinelles et Noumou que j'ai dérangé, les autres dorment. Il est encore tôt, un semblant de jour frémit à l'autre bout du paysage. Mes yeux percent la nuit. Toujours ce bruit ténu, mais rien sur la piste.

« Ils ont dû mettre une sacrée dose de lait magique dans la sauce pimentée, je pense en me frottant le crâne. J'ai dormi comme une pierre. »

Je me fige. La sale odeur du commandant Soussa me brûle les narines. Je fais passer ma kalach sur mon épaule et j'écoute ses pas s'approcher. « N'oublie pas ta colère, Nekeli, je m'encourage, sinon tu vas mourir de frayeur. »

— Impressionnante, cette ouïe, Tigresse, murmure-t-il dans mon dos. Si tu n'étais pas la sœur de Sniper, je te garderais chez les Frelons. C'est difficile de trouver de bons éclaireurs.

Il m'empoigne le bras. J'ai l'impression qu'un démon plante ses griffes dans ma chair.

— Suis-moi, nous allons accueillir nos visiteurs.

Je sens le regard brûlant de Noumou se poser sur ma nuque. Il veut venir, il ne peut pas.

Au loin, l'air bouge. Aux vibrations sourdes des moteurs s'ajoutent celles des roues.

J'avance, tirée par le diable. Je lui arrive à peine plus haut que le coude. Son visage est impénétrable et inquiétant, un vrai masque de démon. Je ne sais pas comment il parvient à voir la nuit derrière ses verres miroirs. La magie noire brûle en lui.

— Aucun Frelon, aucun Liyanzi n'a de secret pour moi, aucun.

Il parle avec sa voix gentille terrible.

— Je déchiffre ce qu'il y a à lire en chacun, je connais ce que chacun me cache. Je sais tout de vous, même ce que vous ne savez pas.

J'ai peur de ce qu'il va ajouter.

— Tu sais que le moment est arrivé, Tigresse, alors je te laisse le choix.

Encore et encore le choix ! Comme pour mama et papa. Soit une chose affreuse impossible, soit une chose impossible affreuse, c'est toujours comme ça avec lui.

— Ce n'est pas compliqué. Si tu acceptes ton destin sans faire d'histoires, je te promets une place privilégiée auprès de Grand Cobra.

Il lâche mon bras.

Ma nuque tison, mes jambes des flaques.

— Crois-moi, je te fais une immense faveur. D'ordinaire, mes engagements sont des serments de mort. Mais j'ai promis à Sniper que tu resterais en vie si tu te montrais raisonnable.

Mon frère s'appelle Soulaï, pas Sniper !

— Il m'a sauvé la vie, il est comme mon fils, à présent.

Il se penche sur moi, me colle sa puanteur dans le nez.

— Tu n'aimes pas que je l'appelle Sniper, n'est-ce pas ?

Ses yeux invisibles me scrutent, je baisse la tête.

— Je te conseille d'accepter ma proposition. Si tu résistes et refuses d'obéir, je te livrerai à Grand Cobra comme n'importe quelle chair de femelle...

Son rire crisse pareil qu'une lame sur le verre.

— Je connais ses goûts, il apprécie les brindilles gracieuses dans ton genre. Vu ton gabarit, tu tiendras au mieux deux nuits.

Il feint de réfléchir.

— Trois, peut-être... Tu es plus endurante que tu n'en as l'air.

Je pense au coucher-obligé, à Nyele et à Temona. Je ne veux pas vivre ça, NON, NON, JE NE VEUX PAS ! Ma colère s'émiette. Je n'arrive plus à réfléchir. Je me brise de partout, éclate en morceaux, me grêle sur le sol.

— C'est bien, dit le commandant en me relevant. Tu fais le bon choix.

D'un geste rapide, il fait glisser ma kalach de mon épaule. Entre les doigts de sa main gauche luit mon petit couteau.

— Pour t'aider à ne pas changer d'avis, siffle-t-il entre ses dents.

Un nuage de poussière salit l'obscurité, enfle et s'alourdit dans un grondement assourdissant. Le regard flou, je vois se dessiner sur la piste d'énormes véhicules noirs.

Les rebelles accourent du camp, courbés, kalachs en avant. Le commandant aboie des ordres. Ils se redressent, canons vers le sol.

— Surveille Tigresse ! ordonne-t-il à son nouveau lieutenant en lui tendant mes armes. Si elle bouge, tu l'assommes.

Le Frelon me pousse par terre.

— Un geste, je t'étrangle ! il braille.

C'est un abruti. Le chef a dit « assommer », pas « étrangler ». Je m'en fiche de lui, je le déteste encore plus que l'ancien lieutenant, il ne tue que les femmes et les enfants. Je me tasse à ses pieds et regarde la piste, le camp, la piste, le camp avec la tente au fond. Je veux juste voir Soulaï, c'est important. Si je ne le vois pas, je meurs.

Rugissements. Gerbes de terre. Trois grosses camionnettes hérissées de mitrailleuses et un monstre d'automobile aux roues plus grosses que la moitié de moi s'arrêtent devant le commandant.

La nuit s'enfuit.

Une vingtaine d'hommes sautent des camionnettes, avec le même air farouche que les rebelles et la cruauté dans le regard.

Leurs vestes de combat, leurs pantalons, le foulard autour de leur front. Noirs. Leurs fusils plus lourds que nos kalachs. Noirs. À côté d'eux, dans leurs vêtements loqueteux, les Frelons ressemblent à des chiens pelés.

Mes os sont aussi secs que la pierre, il n'y a plus rien autour. « Je veux voir Soulaï. S'il vous plaît, mama, papa, je veux le voir ! »

Deux hommes en noir sortent à l'avant de l'automobile. Le premier se met au garde-à-vous, l'autre ouvre la portière arrière. Un gradé paraît, son uniforme n'est même pas froissé par les secousses de la piste. Il rejoint le chef en ouvrant les bras.

— Chandu, mon ami ! dit le commandant Soussa. Bienvenue à toi et aux Scorpions.

« Scorpions »... je comprends que c'est le nom des rebelles personnels de Grand Cobra.

Sur la face de l'homme, le sourire s'élargit.

— Bakari, vieux frère ! Comment vas-tu ?

Ils s'étreignent et se tapent dans le dos en riant fort. Le commandant s'appelle Bakari, mais je m'en fiche de savoir ça, je veux voir Soulaï ! Je remue ma tête en avant, en arrière, on dirait une poule qui s'inquiète. J'attends que mon frère sorte de la tente et lui, au lieu de soulever la toile et de montrer sa figure, il reste à l'intérieur !

Les hommes débarquent de grandes caisses d'armes et de munitions que Grand Cobra offre au chef. Il y a aussi des pantalons neufs de militaires. « Pour que ton bataillon ressemble davantage à une vraie armée », précise le gradé Chandu-mon-ami.

Les Scorpions n'aident pas les Frelons à décharger, ils les regardent, esquissent des sourires méprisants. Eux, ils ont des bottes de combat en bon état, celles des rebelles du commandant sont trouées, rafistolées. Mais pour moi, ils se ressemblent. Tous des monstres.

Scorpions, Frelons, Liyanzis, dans cette armée il n'y a que des noms d'insectes qui donnent la mort.

Le nouveau lieutenant fume, il souffle sa fumée sur moi et m'arrose de cendres. Je m'en moque ! Ma pensée vole vers Soulaï. « Ko ! Ko ! Ko ! » elle frappe dans son esprit. « Ko ! Ko ! Ko ! C'est moi ! Ouvre, Soulinekelaï ! » Rien. Elle insiste : « Ko ! Ko ! Ko ! » Rien. « Grat-grat-grat », elle s'énerve, griffe, creuse. Impossible, c'est un mur. « Soulaï, je t'en supplie, ne me laisse pas ! » elle pleure. Elle gémit : « Qu'est-ce que tu vas devenir avec toute cette guerre qui entre dans ton sang et personne pour la retenir ? » Elle sanglote : « J'aurai bien trop peur toute seule devant Grand Cobra. Il va me dévorer, ce démon-là. » Rien. Mon frère ne répond pas.

Je tangue, je casse, je suffoque, je me fracasse. « Ayiéyé, ayiééyiiéééé, mamaaa ! » J'appuie sur mon ventre, parce que je crois que le nouveau lieutenant a enfoncé sa lame dedans. Mais non, je le vois debout qui examine les hommes en noir, la jalousie dans le regard.

Je vis ça et je ne le vis pas. Je me lève et je ne me lève pas. Je suis morte et je suis vivante.

— Grimpe dans le pick-up ! me dit le nouveau lieutenant.

C'est une camionnette qu'il appelle comme ça.

Mon corps se hisse à l'arrière, il peine, trébuche, n'a pas la force. Un Scorpion me lance un coup de botte pour que j'accélère. On me jette mon sac en toile à la figure. Dedans, il y a des lambeaux de ma robe à feuilles de gombo, des racines et des écorces de la jungle, le peigne en bois de Temona et mes pots de remèdes. Ensuite, les Frelons amènent Luzolo désarmé et Noumou qui serre sa machette sur sa poitrine. L'abruti veut la lui prendre.

— Donne ça ! qu'il ordonne.

« Essaie de me l'arracher et je te hache ! » répondent les yeux du petit rien de Liyanzi.

Sa machette, c'est son papa et sa mama, personne n'a le droit d'y poser l'ombre d'un ongle.

— Sale fils de chien ! s'énerve le nouveau lieutenant.

Noumou ne s'occupe plus de lui, il saute avec Luzolo dans le pick-up. Les Scorpions gloussent derrière leurs fusils.

Le nouveau lieutenant leur lance un regard de haine, on dirait qu'il veut les tuer. Puis il va s'installer à côté du commandant Soussa dans le monstre d'automobile aux pneus crampons. Il garde mon couteau et ma kalach, mais je m'en fiche, je m'en fiche ! Je tourne la tête et je fixe tellement la tente que la toile m'irrite les yeux. Le seul que je vois posté devant, c'est le gradé Chandu-mon-ami. « Il reste avec les Frelons pendant l'absence de leur chef », je pense. L'instant d'après, le pick-up démarre et soudain, mon cœur bondit parce que la toile bouge là-bas, et s'ouvre.

Mama, papa ! Le voilà, le voilà !

Mes yeux clignotent et la tente aussi clignote, et l'air, et les milliers de taches blanches qui m'aveuglent. Aucun mot ne sort de ma bouche, je hurle, je hurle muette. Comme Noumou lorsqu'il tue. Je hurle et la moitié de mon âme se consume, mon corps se vide de la moitié de son sang. Je n'ai plus qu'une jambe, plus qu'un bras, plus qu'un visage à demi effacé. Je meurs à moitié, même si ce n'est pas possible de mourir à moitié. Je m'éteins parce que je ne peux plus rester allumée.

Celui qui est sorti de la tente, ce

n'est pas Soulaï.

C'est le sorcier.

15

Malgré les cahots, Noumou et Luzolo se sont endormis à l'arrière du pick-up. Chaque secousse me fend le crâne, ma tête ne tient plus sur mes épaules. Nous roulons très vite, depuis deux jours, trois peut-être. Je ne vois rien des endroits traversés, je ne descends pas du véhicule. Luzolo glisse des morceaux de galette de manioc entre mes lèvres, Noumou une gourde d'eau tiède. Le cœur broyé, je fixe l'immensité du ciel et j'attends que la nuit tombe pour chercher les yeux de Soulaï parmi les étoiles.

Et puis soudain, la face du commandant Soussa se penche sur moi. Le convoi est arrêté au milieu de la piste, il a grimpé dans le pick-up.

— Notre voyage s'achève bientôt, Tigresse !

Son souffle, c'est des flammes qui vont me cuire bien comme il faut. Son bazar de dents, c'est des couteaux. Il fait claquer sa langue.

— Devant Grand Cobra, tu devras te tenir droite et faire tout ce que je commande, sans trembler comme maintenant, tu entends ?

Je fixe mon visage écarquillé dans ses verres et d'un coup, ce n'est plus ma figure qui se reflète, mais celle de mon frère même que moi. Ça pique sous mes paupières parce que c'est un mirage. Je sens une masse m'écraser la poitrine, la souffrance me creuse, traverse, me laboure le dos.

Il sort un sachet d'une poche de sa veste et m'attrape la main. Je veux la retirer, mais il la serre ferme et verse dessus un petit tas de farine blanche.

— C'est de la poudre de combat, il dit, pour que tu te comportes en vraie guerrière.

Je regarde la poudre, je ne comprends pas.

— Aspire-la avec le nez. Allez !

Je me penche sur ma main, je renifle la farine, mes narines s'enflamment et je dévisage cet homme-là qui n'est pas digne d'en être un.

— Tu vas voir, il m'assure, c'est plus efficace que le lait magique.

Il en donne à Noumou et Luzolo. On dirait qu'on va partir en attaque-jungle.

Mes membres s'engourdissent comme si j'allais cesser de vivre. Je suis soulagée, je ne ressens plus la déchirure du manque de Soulaï, et d'un coup, vlouf-éclair ! Je deviens tellement forte que l'air vibre autour de moi. Je suis à la fois excitée et détendue, je me sens libre et je me fiche de tout.

Les yeux de Noumou deviennent ronds comme ceux des hiboux. Les Scorpions rigolent. Lui, il se trémousse, sourit avec ses petites dents d'enfant, son regard brille plus que les coquillages de ses amulettes.

Le convoi repart et je m'aperçois que la poudre de combat me permet de discerner tous les détails. Par exemple, je distingue le bec-aiguille du moustique sur le bras du Scorpion devant moi, et chacune des écailles de ses ailes. Mes oreilles entendent encore plus que d'habitude, je grince des dents à cause des bruits qui me parasitent trop.

On roule dans une forêt sombre et serrée, des murs de troncs se dressent de chaque côté de la piste étroite. J'entends des flots en rumeur, les arbres s'espacent et un fleuve apparaît sur la gauche. Son eau marron charrie des branches. J'écoute la peau du bois se gorger d'eau, puis un tintamarre d'humains m'empêche de me concentrer. Les Scorpions s'agitent, ils disent que nous arrivons chez Grand Cobra. Et moi, je m'en fous !

La base, ici, elle est pareille à une ville. Plus grande que cent villages collés. Les cases, elles sont en métal ondulé comme des corps de reptiles, avec plein de familles de Scorpions dedans. Des milliers de bruits tumultent. Je voudrais verrouiller mes oreilles, ma cervelle éclate.

D'un côté de la piste, le fleuve, de l'autre la cité vaguelettes serpents. Des centaines de Scorpions armés nous observent, certains sont vieux, certains ont mon âge. Des femmes en boubou coloré s'affairent et de petits enfants courent au bord de l'eau. D'autres, un peu plus grands, jouent avec des balles et des chiens.

Mon regard capte chaque forme, chaque couleur, chaque mouvement. Les sons m'étourdissent. J'entends des fragments de conversation, des meuglements, des piétinements, des soupirs, des becs de poules picorer, des pilons dans des mortiers, des palmes attiser les braises des foyers. J'entends des cris, mais pas des cris de mort, j'entends des rires. Je ne ressens rien d'autre que de l'excitation, je ne suis pas troublée par toutes ces choses nouvelles. Grâce à la poudre de combat, je ne m'inquiète pas. Comme si ce lieu m'était familier et que je rentrais chez moi.

Le convoi s'arrête sur une place, devant le seul bâtiment en briques de la base. Sa façade sans fenêtres est enduite de terre grise. Je n'en ai jamais vu d'aussi large et haute, mais mes yeux ne s'étonnent pas.

Les Scorpions et les Frelons de la garde du commandant Soussa descendent des pick-up, nous aussi. Quand le diable sort du monstre d'automobile avec le nouveau lieutenant, une des sentinelles qui cerclent la maison se précipite pour frapper contre l'imposante porte sculptée. Elle s'ouvre comme par magie. Un frémissement parcourt les hommes, un discret frisson de joie.

« C'est maintenant que je vais voir Grand Cobra », je pense. Et là, quand même, je suis surprise de ne pas être saisie de frayeur.

16

On attend, on attend devant le bâtiment, et voilà que résonnent des pas. Un homme de petite taille arrive. Il est vêtu d'un simple boubou bleu, coiffé d'un bonnet de tissu jaune finement brodé, et chaussé de sandales. Le nouveau lieutenant et les Frelons s'inclinent respectueusement, alors on fait comme eux, Noumou, Luzolo et moi.

« Ce n'est pas possible que ce grand-père avec sa figure ronde et sa mousse de cheveux blancs soit Grand Cobra », je médite.

Il s'avance en souriant vers le commandant Soussa qui est deux fois plus grand que lui.

— Bakari, mon fils, je suis heureux de te voir, cela fait tellement longtemps !

Sa voix est affable mais son écho glacial. Le commandant se plie, ils s'enlacent, s'embrassent, et bavardent comme deux parents qui se retrouvent bien contents, avec un monde de nouvelles à se raconter.

On croirait que la guerre n'existe pas et qu'ils n'ont pas tué plus de gens qu'on ne peut en compter.

À un moment, les yeux du vieil homme s'attardent sur moi. Je sens mon visage s'embraser. Il me fixe intensément, aussi froid et implacable qu'un cobra.

— Je vois que tu m'as amené un joli cadeau, Bakari.

Il vient, me détaille du haut jusqu'en bas, passe sa langue rouge sur ses lèvres.

Je porte ma chemise camouflage, mon pantalon coupé, mes chaussures grosses semelles, mon foulard gombo vert et jaune, mais je me sens pareil que si j'étais nue. J'ai envie de lui cracher au visage et qu'il se dépêche de poser ses yeux sales ailleurs. Mes mains cherchent ma kalach, mais elle n'est pas là.

— Tu me connais bien, mon fils, siffle-t-il. Elle me convient.

Le commandant Soussa s'approche. Sa grimace de sourire m'avertit que je n'ai pas intérêt à faire quelque chose de mauvais.

— Grand Cobra, dit-il, permets-moi de te présenter Tigresse, mon meilleur éclaireur et ma guérisseuse personnelle. Je suis heureux de te l'offrir, elle te sera d'une grande utilité.

La poudre de combat s'évapore loin de ma tête dès que j'entends ces mots-là. Qu'est-ce qu'il raconte ? C'est n'importe quoi !

Grand Cobra reste de longues secondes immobile, la figure impassible. Il ne cligne pas des paupières, c'est ça, son secret regard de reptile. Il paralyse.

— Est-ce vraiment vrai, ce qu'affirme ton commandant ? il me demande.

J'ai la panique qui s'installe, mais je me tiens raide piquet et j'oblige mes paupières à ne pas grelotter. Elles grelottent quand même.

La figure de Grand Cobra se colle à la mienne. Il ouvre sa bouche puante et pose son index sur une dent marron au fond, qui n'a plus la forme d'une dent. C'est sûr qu'il faudrait l'arracher, cette pourrie.

— Tu saurais la soigner ? J'y tiens beaucoup et mon guérisseur veut me l'arracher.

Le commandant me regarde mal et Grand Cobra esquisse un sourire acide. Ça se voit qu'il devine que je sais seulement fabriquer la pommade-cicatrice et le parfum chasse-moustiques. Je transpire, je m'affole, je pense à Soulaï qui ne sort pas de la tente, au coucher-obligé auquel je ne vais pas survivre trois nuits. Je ne peux plus respirer, je commence à crouler. Et puis...

Je croise le regard sauvage-perdu de Noumou. Il déborde d'eau et tempête : « Ça suffit ! Tu ne peux pas faire n'importe quoi, Nekeli. Tu es la fille de mama Nandi et du chef Bongalo. Arrête de te pagailler et réfléchis vite, vite ! »

Disparus Grand Cobra, le commandant Soussa, les Frelons et les Scorpions. Mes yeux s'accrochent à ceux de mon maigriot. À l'intérieur, je retrouve mama, papa, grand-ma', Lulu, tout le village et Soulaï. Une larme roule sur sa joue, dévale jusqu'à son menton. Il la regarde tomber, je la regarde moi aussi.

Elle goutte.

Elle chute.

Elle atterrit sur son poing tout crispé de doigts.

Il les ouvre.

Un

à

un.

Sur sa paume.

Un caillou.

Un galet rose de la rivière de chez nous.

Il a une forme singulière et ressemble à deux minuscules poissons qui se seraient collés incrustés tête-bêche.

Deux poissons jumeaux.

Le commandant Soussa me secoue, je m'en fous, je veux sourire à Noumou. Mes lèvres protestent : « Non, non, non, on n'arrive plus à être contentes, même un minimum, on n'y arrive plus. » Alors je remercie mon petit Liyanzi avec mes yeux. Fermés-ouverts-fermés. Tout doux.

— Grand Cobra t'a posé une question, tu penses répondre un jour ? s'énerve l'autre diable.

Et lui ? Il pense arrêter de m'engueuler ? Je peux réfléchir comment, sinon ? Vite, vite, que je voie. Vite, vite, que j'écoute. Vite, vite, que je me souvienne Temona m'expliquer les plantes.

Vite, vite, que je me force à parler à celui-là qui me contemple avec ses prunelles capables de couper un cheveu en deux.

— Il y a… un… un moustique qui vous suce la nuque, je dis tout bas enroué à Grand Cobra. Et un petit lézard qui s'apprête à filer entre vos sandales.

Son regard me transperce, sa main claque, sa semelle écrase.

— Hier… trop d'oignons dans votre poulet moambé, c'est mauvais. Votre ventre gonfle et vos tempes tapent.

Sa bouche s'ouvre.

— La marmite posée sur le muret devant la troisième case, là-bas à gauche, va tomber. Attention ! C'est…

SHBLONG ! ça fait. Une femme crie. « AÏEAÏEAÏE ! »

— … brûlant.

Sa bouche bée.

— Pour le ventre, tisane d'écorces de wolo. Pour les tempes, il… il faut préparer des gouttes avec de l'eau et des feuilles de dolodela. Pour la dent, j'ai besoin de racines de dangba. Mais tout ça, je ne sais pas si on le trouve dans la nature d'ici.

Ses yeux marron deviennent noir pupille. Il sort un bout de sa langue entre ses dents et ressemble vraiment à un vrai serpent. Ma bouche attrape de l'air en bouffées parce que ça fait un long temps que je n'ai pas respiré et que ce cobra m'asphyxie. Mama, que j'ai peur ! Qu'est-ce qu'il va encore m'arriver ? Mon cerveau pourrit en morceaux, s'effrite.

Le reptile hoche la tête, lent, lent, sans dévier ses yeux de moi.

— Je n'envoie jamais les femelles au combat, il murmure. Elles sont faibles, lentes, imprévisibles, mais celle-là... elle serait donc capable de renifler ce qu'on n'a pas encore digéré, d'entendre le silence au milieu du bruit, et de voir ce qui n'est pas arrivé ?

Le commandant Soussa croise ses mains sur son ventre. Ça signifie qu'il est satisfait, alors je ne vais peut-être pas mourir tout de suite.

L'autre continue à réfléchir avec sa voix.

— J'espère pour elle que ses remèdes sont aussi efficaces que tu le dis, Bakari... Comment c'est son nom, déjà ?

— Tigresse.

— Tigresse... bâh !

Ses prunelles sont redevenues mini-mini, elles fouillent derrière mon front.

— Eh bien, moi, déclare-t-il, c'est Sorcière que je vais l'appeler.

Ah non ! Je ne suis pas d'accord ! Sorcière, c'est pire que Tigresse. Ça me fait peur. Je ne veux pas que les âmes des morts pensent que je vais les chasser et m'attaquent de tous les côtés. Et puis, le sorcier de Grand Cobra va me regarder mauvais et me faire sa magie noire.

Il n'y a rien à discuter. Alors je mange mes lèvres et je baisse la tête.

« Voilà, c'est fini pour aujourd'hui, Nekeli, je me dis. Grand Cobra va rentrer chez lui avec le commandant Soussa, tu vas pouvoir te reposer un peu l'esprit et penser à Soulaï. »

Mais le reptile n'en a pas terminé. D'un coup, il claque des doigts et crache :

— Tambwe ! Viens ici !

Tellement aigu que ça me cloute les oreilles.

J'observe par en dessous. Un homme sort de la foule. Sa tunique et son pantalon blancs, sa sueur mouillée sur sa barbe.

— Alors toi, tu veux m'arracher ma dent, comme ça ? s'énerve Grand Cobra.

L'autre fait une figure embarrassée à son chef, et à moi une lippe menaçante. Si ses lèvres étaient ses orteils, ils m'écrabouilleraient.

Le reptile ne ressemble plus à un vieillard. Il grandit plus grand que le commandant et son sifflement rugit.

— LA GUÉRISSEUSE DE BAKARI PEUT ME SOIGNER AVEC DES RACINES DE...

Il me plante ses yeux.

— Des racines de quoi ?

— De dangba, s'étrangle ma voix.

— ET TOI, TU VEUX M'ARRACHER MA DENT ?

Le guérisseur – c'est ce qu'il est, l'homme en blanc – le guérisseur, il ne sait plus où poser son regard.

— VA CHERCHER LES RACINES ET LES AUTRES CHOSES QU'ELLE DEMANDE ! PRESSE-TOI !

L'homme file hâtif-hâtif. Ensuite Grand Cobra rigole et les autres rigolent, y compris le commandant Soussa. Jusqu'à ce que le reptile lève le bras.

— Et ceux-là ? il interroge en pointant son doigt sur Noumou et Luzolo. C'est qui, ces morpions de Liyanzis ?

— Le grand avec les jambes d'araignée, tu lui demandes ce que tu veux à la guerre, il le fait, explique le commandant. Pas comme un abruti de Liyanzi, comme un Frelon. C'est un excellent combattant, discipliné, rigoureux, rapide. Compétent individuellement comme en équipe. Il a de l'avenir.

Grand Cobra tord sa bouche.

— Des comme lui, il n'y a que ça chez les Scorpions.

— Oui, mais celui-là, tu pourras en faire un officier, réplique le commandant. Il sait lire, il a des connaissances, il a été au collège.

— Tu nous as trouvé un broussard instruit ! s'esclaffe Grand Cobra.

Le commandant sourit.

— Il était en vacances chez son oncle quand on a attaqué le village.

Je pense à l'instituteur à moto-taxi se lamentant devant notre pierre inaugurale. Il venait nous instruire. Je jette un œil à Luzolo qui sait lire.

Il ressemble au Luzolo de d'habitude, droit, sérieux, pas plus fier qu'avant.

Grand Cobra tend le menton vers Noumou.

— Et le têtard dépenaillé ?

— Un virtuose de la machette, doublé d'un trompe-la-mort. Il ricoche entre les balles !

Le reptile glousse.

— Je vois, je vois ! Eh bien, qu'il nous fasse donc une petite démonstration pour nous mettre en appétit.

Il claque de nouveau les doigts et une des sentinelles vient se poster à côté de lui. Les Frelons et les

Scorpions s'écartent, il ne reste que Noumou haut comme trois mangues.

— Allez, allez ! ordonne Grand Cobra.

La sentinelle épaule et tire. Ses balles font « POW-POW-POW » et se fichent dans la terre. Des mottes retombent en pluie dans un nuage de poussière. Les rebelles s'excitent, poussent des « AYAYA ! ». C'est tellement incroyable, tellement saisissant, ce que fait ce diable d'enfant ! Noumou ne commet pas l'imprudence de tourner le dos au tireur, il lui fait face et danse. Les yeux rivés au fusil, il devine la direction des projectiles avant même qu'ils ne sortent du canon. Il y met de la grâce, donne l'impression que c'est facile, à la portée de n'importe qui, ce petit cirque pour échapper aux tirs. Il gambade et cabriole comme un garçon de son âge, suffisamment longtemps pour que Grand Cobra apprécie le spectacle. Puis un éclat métallique traverse son regard. Il grimace, envoie siffler sa lame, inspire, expire, et va la récupérer dans la poitrine de la sentinelle, d'un pas tranquille. Pour un peu, il s'inclinerait devant le reptile, comme un acrobate après sa performance.

Grand Cobra l'applaudit, les hommes, les femmes et les enfants qui ont assisté à ses exploits le félicitent. Noumou vient de passer avec succès l'épreuve d'admission chez les Scorpions.

L'aube et le ciel s'épousaient,
la rivière miroitait d'ombres et de reflets.
Je piétinais son chant riant
de clapotis.
Une main retenait ma robe,
l'autre
cueillait des cauris.

« Toi, même que moi. »
Mon frère a glissé ses pas dans les miens.
« Moi, même que toi », j'ai répondu tout bas.
Le vent a posé
ses frissons sur nos peaux.
Un vent léger, un vent
d'été,
et l'eau cuivrée.
Les coquillages tintaient au fond de mes poches,
« Regarde ! »
a dit Soulaï.
Entre ses doigts,
un galet rose d'une forme singulière,
deux minuscules poissons de pierre
collés
incrustés.
Deux poissons
jumeaux.

Le coq a réveillé le village et
le soleil.
« Ce n'est pas le coq ! »

s'est écrié Soulaï.
J'ai soufflé :
« C'est le bébé ! »
Un rayon a caressé le toit de notre case,
Lulu était née.

17

Tapis derrière des buissons, nous observons la base militaire qui n'appartiendra bientôt plus à l'armée régulière. Une semaine que je pars en reconnaissance là-dedans chaque nuit. À force, j'y suis comme chez moi. J'ai transmis toutes les indications au commandant Chandu-mon-ami, il a dessiné des plans, décidé de la tactique offensive, chacun sait ce qu'il doit faire.

Pour le moment, tout est tranquille. Les drapeaux du gouvernement sont au repos, les ennemis écoutent de la musique en jouant aux cartes. De temps en temps, l'un d'eux va pisser ou se rincer la figure aux lavabos en plein air. Une dizaine de soldats discutent devant le dépôt d'armement, fusils en bandoulière, une quinzaine à côté du hangar des blindés, les autres s'occupent ou se reposent dans les tentes. Même les gardes sont détendus, avachis derrière les barrières de sacs de sable. Si ça se trouve, ils dorment, ces inconscients.

Jamais une relâche pareille ne serait tolérée à la base de Grand Cobra. Une sentinelle qui surveillerait décontractée comme ça, c'est sûr que le lendemain elle n'aurait plus de tête.

J'entends nos pick-up arriver au ralenti sur la piste, tous feux éteints. Ils s'arrêtent à quelques centaines de mètres, je lève le pouce pour prévenir le sergent Mouanga. Il fait signe à Luzolo qui se glisse furtif à l'intérieur de la base, par la brèche que j'ai ouverte hier dans les barbelés. Noumou le suit de près, un autre Scorpion derrière lui.

Ça va être le moment. Je renifle la poudre de combat que le sergent Mouanga m'a donnée. Au moment où l'éclair m'irradie, les lumières s'éteignent d'un coup dans la base. Ma bouche sourit, ils n'ont plus d'électricité, Luzolo a réussi son sabotage. Ce n'est pas pour rien que le commandant Chandu-mon-ami l'appelle « l'ingénieur ».

Les gradés ennemis allument leurs lampes à gaz et aboient des ordres par la fenêtre de leur baraquement, mais comme prévu leurs soldats traînent. Ils croient à une banale panne et n'imaginent pas ce qui va leur tomber sur le dos. Le temps qu'ils mettent en route les groupes électrogènes, c'est fichu pour eux. Les Scorpions du groupe d'appui neutralisent les gardes de l'entrée, et les pick-up montés de mitrailleuses franchissent l'enceinte à pleine vitesse. Le groupe d'assaut ouvre le feu, les militaires, complètement désorganisés, braillent et tirent dans tous les sens.

Il y en a qui sortent des tentes à moitié habillés, d'autres qui tentent de s'enfuir. Ils n'ont aucune chance de s'en sortir vivants.

Quand la grosse boucherie est terminée, le sergent Mouanga se lève et lance d'une voix puissante à mon groupe :

— En avant !

Je serre ma kalach contre ma poitrine, on galope jusqu'à la base et on se déploie. Certains s'occupent de trouer les blessés et les ennemis planqués dans les tentes, d'autres courent sécuriser le dispensaire et le hangar. Moi, je m'occupe du baraquement des gradés avec deux autres Scorpions, le sergent, et Luzolo et Noumou qui nous ont rejoints.

Les officiers de l'armée régulière n'ont pas d'honneur. Toujours ils se retranchent derrière leurs murs et ne défendent pas leurs soldats. Ils gardent leurs munitions pour sauver leur propre peau. Ils peuvent toujours essayer, ils ne sortiront pas libres de leur piège à rats.

Donc on entre en rampant silencieusement dans une grande pièce avec des tables couvertes de cartes, une grosse armoire, un immense bureau et un fauteuil en cuir. Personne en vue. On s'immobilise, j'écoute. J'entends.

Les ennemis respirent seulement par la bouche. Ils évitent de bouger mais le bois craque sous leur poids. Leurs doigts collent à leurs armes et leurs souffles soulèvent la poussière. Il en manque un.

Pendant mes reconnaissances, j'ai compté six gradés, j'en suis sûre. Je me concentre, ne le trouve pas. Il devait être à l'extérieur au moment de l'assaut.

Le sergent Mouanga me lance un œil « alors, ça vient ? ».

« Deux dans l'armoire, disent mes mains, trois dans la salle à côté : un à terre devant, un à terre au fond, le troisième debout à droite en entrant. »

Je reste à plat ventre, les autres bondissent. Des tirs, des cris, un jet de lame, des hurlements, c'est déjà fini. Je me lève. Les assauts des Scorpions sont efficaces, toujours propres et rapides.

Les portes de l'armoire pendent, leurs panneaux inférieurs déchiquetés. Les tibias brisés par les balles, les ennemis geignent, étendus sur la face dans une pagaille de papiers. Luzolo les a désarmés, mais ils ne sont pas morts. On ne tue pas les gradés, on les met hors d'état de nuire et on les ramène à Grand Cobra pour les interrogatoires.

— Sorcière ! appelle le sergent Mouanga.

Je cours dans l'autre pièce. Les Scorpions surveillent deux officiers blessés, l'un à l'épaule, l'autre à la main. Le sergent et Noumou tirent le troisième de dessous un lit en fer, une machette fichée dans la jambe. D'un geste Noumou la récupère, le blessé pousse un hurlement. Vite, je déchire son pantalon pour libérer la plaie. Le sang jaillit en petits geysers. Je le déleste de sa ceinture, la passe autour de sa cuisse et la noue fermement tandis que le sergent fait compression sur la blessure. Je déchire deux morceaux de drap, j'en plaque un à la place de la main du sergent, je bande avec l'autre. C'est bon, il ne mourra pas tout de suite. Je me relève.

Et soudain, j'entends. Trois fois rien : le craquement d'une articulation rompue par l'effort.

L'index devant ma bouche, je fais signe au sergent. Il me suit dans la première pièce, arme au poing. Du doigt, je lui désigne le bureau qui trône devant la fenêtre. Son coup de crosse détruit le meuble, l'homme agrippé sous le plateau s'abat sur le sol. Il tente de dégainer son pistolet, ma semelle lui écrase le poignet, ma main lui arrache son colt.

Il est plus jeune que les autres gradés, ses yeux bruns me dévisagent, interloqués. Ses cils sont presque aussi longs que ceux de Soulaï. Les galons sur sa poitrine indiquent qu'il est capitaine.

— Bien tenté, lui souffle le sergent en l'empoignant, mais personne ne dupe les oreilles de la Sorcière.

Mes doigts plongent dans l'une des poches de mon pantalon cargo. Le galet rose se niche au creux de ma paume. « Non, Soulinekelaï, je n'ai toujours pas tué. »

18

La base que nous avons attaquée était importante. Les Scorpions ont conduit les blindés militaires dans nos dépôts secrets, et nous avons rapporté une grande quantité d'armes et de munitions, des générateurs électriques et des caisses de médicaments.

Grand Cobra tourne autour des gradés de l'armée régulière avec son air inoffensif. Je les sens hésiter. « Ce n'est pas un grand-père comme celui-là qui va nous faire du mal », espèrent-ils.

— Un colonel, un commandant et un capitaine ! Belle prise ! se réjouit-il.

Il les salue un à un.

— J'espère que mes hommes ne vous ont pas trop malmenés...

— Tout va bien, merci, répond le colonel, le front couvert de sueur.

Il s'appuie sur les bâtons qui lui servent de canne et on voit bien qu'il n'est pas très en forme. On ne les a pas arrangés pendant la capture, et les trois autres officiers qui ont tenté de s'échapper pendant le voyage ont été abattus. C'est la règle, pour l'exemple. Le genre d'exemple qui ne donne pas bon moral aux prisonniers.

Grand Cobra hoche la tête en souriant et ordonne qu'on les conduise dans leurs chambres.

Leurs traits se détendent, cette fois, ils sont vraiment soulagés, mais ça ne va pas durer. Leurs *chambres* sont des cachots avec tout le matériel nécessaire pour que le reptile s'amuse avec eux pendant les interrogatoires.

— Ah, des antibiotiques ! Enfin !

Le guérisseur de Grand Cobra ouvre les caisses de médicaments et lui aussi est content.

Il ne soigne pas avec des plantes mais avec les substances qui se trouvent dans les remèdes qu'on a pris aux ennemis et qu'il réserve à l'usage personnel du reptile. Personne d'autre que le guérisseur ne sait utiliser la « chimie », comme il l'appelle. C'est pour ça que Grand Cobra ne lui a pas fait couper la tête après l'histoire de la dent. Je reconnais que sa médication est efficace et il m'a appris à faire des soins, comme le garrot en cas de geyser de sang, donc je ne le déteste pas. Luzolo le respecte beaucoup et l'appelle « Docteur ». Je pense que c'est parce qu'ils viennent tous les deux de la ville et que le guérisseur aime lire.

En plus d'être l'éclaireur du commandant Chandu-mon-ami, je suis aussi guérisseuse, même si je n'y connais rien. Les remèdes simples que m'a appris à fabriquer Temona agissent bien sur Grand Cobra, certains mieux que la chimie du docteur. Le macéré de racines de dangba soulage ses gencives, celui d'écorces de wolo calme ses coliques. On n'imaginerait pas, mais sous son boubou, son corps n'est pas celui d'un vieil homme. Il est puissant et musclé, son dos ressemble à un cimetière d'ailes d'hirondelles, et ses doigts écrasent la coque des noix de cajou sans effort. Tous les matins, il suit l'entraînement avec nous, le tir, la course, les pompes et tout. Pareil que s'il était soldat Scorpion. Ça ne l'empêche pas d'avoir des dents pourries et un intestin de nouveau-né.

Voilà ma vie depuis une petite saison humide, une grande saison sèche, une grande saison humide, et une petite saison sèche. Une année.

J'ai découvert la lumière électrique, les lits en fer, les matelas, l'eau qui coule des robinets, et la télévision. Tous les Scorpions adorent cette télévision. C'est un appareil carré avec une vitre noire qui produit des images et du son quand on nous montre des « DVD de films ». Toujours les mêmes, avec des aventures d'hommes en train de faire la guerre comme nous. Par exemple, il y en a un, Rambo. Il est aussi musclé que Grand Cobra mais il mesure plus haut que lui. Son regard est farouche cruel, son corps transpire pareil que s'il avait versé de l'huile de palme sur sa peau. Il porte des fusils d'assaut et des colliers de munitions, il évite les balles et tue des gens, il n'a pas d'amulettes mais il ne meurt pas, tellement il est puissant.

Noumou est fasciné, il voudrait bien être Rambo, ça se voit. Pas moi. Je trouve que ce guerrier ne nous ressemble pas. Il est libre, il fait ce qu'il veut, tout le temps. C'est lui qui décide d'être méchant, personne ne l'oblige, et il n'est pas un enfant.

De toute façon, ces choses nouvelles ne m'intéressent pas. Quand je ne suis pas en opération à l'extérieur de la base, je partage une case avec Noumou. Les flammes de mon petit foyer m'éclairent, je dors sur ma natte, et je me lave dans le fleuve. Je n'aime pas m'abrutir devant la télévision, je préfère me concentrer sur mes missions : espionner les gouvernementaux, soigner Grand Cobra et les Scorpions de ma section, et empêcher les gradés interrogés de mourir quand le reptile n'a pas fini de leur poser des questions.

Les raids-village, c'est fini, les Scorpions ne s'occupent que de combattre l'armée régulière. Je n'ai plus besoin de viser les cailloux, j'utilise ma kalach pendant l'entraînement, je ne tire sur personne durant les attaques. Le commandant Chandu-mon-ami est d'accord parce que je suis son meilleur éclaireur. Je ne me leurre pas, j'ouvre la piste à ceux qui tuent à ma place. À force de devancer le bourreau, je deviens le bourreau. Mais maintenant, je suis d'accord. Je ne réfléchis plus au bien, au mal, à ce qui est juste ou pas, je reste en vie.

Je n'ai pas peur de la mort. Pour la craindre, il faudrait avoir quelque chose à perdre. J'obéis aux ordres, j'accepte mon destin. Et je me fous de tout grâce à la poudre de combat que me donne tous les jours le sergent Mouanga.

J'ai eu quatorze ans le mois dernier, j'ai changé, j'ai perdu mon langage et ma voix. J'ai été recrue, Liyanzi, apprentie Frelon, je suis Scorpion. Je ne suis plus une enfant, mon âme est usée comme une vieille âme. Peut-être qu'elle est morte. Oui... mon âme est un cercueil.

Beaucoup de soldats me regardent d'une manière que je déteste. Leurs yeux déshabillent ma poitrine, s'attardent sur mes cuisses. Ma chair est sèche, ils la trouvent juteuse. Elle est dure, ils la voient tendre. Mais aucun ne se risque à me toucher, sinon il va avoir affaire à Grand Cobra, au commandant Chandu-mon-ami et si par miracle il survit, à la machette de Noumou.

Je suis précieuse, et tant que je le resterai, rien de terrible ne m'arrivera. Le sergent Mouanga dit qu'avant mon arrivée on ne prenait pas autant de bases aux gouvernementaux et que les commandos-forêt remportaient moins de succès. Alors j'ouvre les yeux, les narines et les oreilles, je fais ce qu'on attend de moi, je veille à rester indispensable. C'est mon unique puissance.

Juste,
parfois,
        à la fin d'un combat,
ou quand je suis seule
dans ma case tôle serpent,

sans le petit minimum de corps
endormi blotti entre sa machette et moi,
je caresse le galet rose que Soulaï a donné à Noumou pour sa sœur même que lui.

Je ne reverrai jamais mon frère, tout le monde surveille tout le monde ici, je ne pense plus à m'enfuir. À quoi bon ? J'aurais peut-être pu me libérer des Frelons, mais on n'échappe pas à Grand Cobra.

Mon village, papa, mama, Lulu, grand-ma'...

Ils sont loin.

Je le tripote, mon galet, je caresse les petits poissons du bout des doigts. Ils me disent que mon frère même que moi existe quelque part.

Soulaï n'est pas mort.

Je le sens dans ma tête,
je le sais dans mon corps.

19

Le visage d'un garçon Scorpion passe par la porte de notre case.

— Grouille ! Grand Cobra t'attend dans la chambre du capitaine.

Je repousse doucement Noumou endormi en travers de mon ventre, bondis, attrape ma kalach et mon sac de remèdes, cours entre les cases. Le jeune soldat m'accompagne mais s'arrête avant la grande porte en bois sculpté.

— Qu'est-ce que tu fais ? je l'interroge. Ce n'est pas ton tour de garde du colonel ? Qui le surveille ?

— Le colonel est mort, m'annonce-t-il.

— Il a parlé ?

Il grimace.

— Non.

Je frissonne. Le reptile doit être d'une de ces humeurs... J'aurais dû renifler un peu de poudre de combat.

La sentinelle toque, les gardes m'ouvrent la porte, j'entre dans le bâtiment. Je longe un couloir sombre entre deux Frelons lourdement armés, et nous débouchons dans la cour centrale. Elle est immense avec un puits large et profond en son centre, et plus loin, un enclos pour les poules, un autre pour les chèvres, une vaste cage remplie d'oiseaux multicolores. Toutes les pièces de service et d'habitation sont disposées en couronne autour. Au rez-de-chaussée, les cuisines, les salles d'armes et de réunion, les bains et les appartements de Grand Cobra. L'étage est réservé à ses épouses et à ses enfants. Le sous-sol, aux cellules des prisonniers. La face intérieure du toit tombe en entonnoir et permet de recueillir l'eau de pluie. De l'extérieur du bâtiment, on ne peut ni ouvrir la porte de kapokier ni passer par les fenêtres puisqu'il n'y en a pas. Par contre, le système d'aération permet de tirer sur les ennemis sans se faire repérer. Luzolo dit que c'est une forteresse.

Trois autres gardes m'escortent jusqu'au sous-sol. Les cachots s'ouvrent sur une galerie éclairée par des ampoules électriques. Celui du commandant est fermé, les deux Scorpions armés postés devant sa grille nous regardent passer, imperturbables. Plus personne ne surveille la cellule du colonel, grande ouverte. Je risque un œil et j'aperçois son corps allongé dans la poussière. Il a tenu trois semaines et n'a rien dévoilé des plans de l'armée régulière, ou des codes secrets, ou des positions des patrouilles d'espions. Toutes ces choses que Grand Cobra arrache à sa manière aux gouvernementaux gradés que l'on fait prisonniers. La plupart finissent par livrer les informations qu'il leur demande et même davantage. Ça ne les empêche pas de terminer dans un sale état. Celui-là avait de l'honneur, finalement.

Une vingtaine de pas encore et nous entrons dans « la chambre » du capitaine. Luzolo et un autre Scorpion sont en train de détacher ses poignets des anneaux rivés dans la pierre du plafond bas. Sa carcasse s'écroule sur le sol. Il ne ressemble plus à grand-chose d'humain, mais je ne ressens rien. Ce n'est pas le premier que je vois dans cet état et sûrement pas le dernier. Celui qui m'inquiète, c'est le reptile. Il marche en long en large. La pièce est minuscule et encombrée de matériel, il tient toute la place à tourner comme ça. Sa main agite un fouet de lianes entrelacées, il siffle à chacun de ses pas et je sens son cri prêt à me mordre. Les traits tordus par la haine, Grand Cobra est tout entier à sa fureur.

Et voilà qu'il s'arrête brusquement et découvre que je suis là. Ses yeux luisent et forent jusqu'aux tréfonds de mon crâne. Il jette le fouet à ses pieds, s'accroupit, agrippe la tête du capitaine par les cheveux et la relève brutalement. L'homme n'émet aucune plainte, il est presque inconscient. Mais les veines de son cou se tendent comme un câble. De ses lèvres tuméfiées coule un mince filet de sang.

— Je compte sur toi, Sorcière ! crache Grand Cobra. Arrange-toi pour le retaper.

Il caresse le front du prisonnier d'un geste presque tendre.

— On a encore à discuter, lui et moi.

Il se relève et tourne les talons. Le son de ses semelles et de celles des gardes décroît dans la galerie.

L'ampoule au plafond est brisée, une vieille lampe à gaz chuintante, posée sur une table, éclaire la cellule d'une lumière crue. Le pantalon du prisonnier est en lambeaux, il est torse nu. Je m'agenouille à ses côtés, inspecte ses blessures. Les os de sa pommette droite sont en miettes, le fouet a profondément entamé la chair de son ventre et de sa poitrine. Je sors mes pots de pommade et des linges propres de mon sac.

— J'ai besoin d'eau ! je lance. Deux seaux.

Le Scorpion sort de la cellule en courant.

— Aide-moi à le redresser, je demande à Luzolo. Il faut que j'examine son dos.

Il m'aide à asseoir et à soutenir le capitaine dont la tête bascule en arrière. Ses longs cils frémissent, ses paupières se soulèvent péniblement, son regard me happe.

— Tu as... quel âge ? souffle-t-il.

Je sursaute en entendant sa voix. Chaque mot qu'il prononce projette des postillons de sang sur ma chemise. Je ne réponds pas.

— Tu dois... t'en... fuir... tu... peux... t'en... sortir. Toi aussi, gar... garçon.

Sidérée, je lève les yeux sur le visage indéchiffrable de Luzolo. Retourne à celui du capitaine.

— Il y... a... un doct... docteur qui... recueille... les enfants... sol... soldats. Les... aide... répare... envoie à... l'école... pl... plus faire... la guerre... pas... pour les enfants... comme... toi et... lui.

Il se tait, épuisé. Je me penche sur son dos.

Les lacérations sur ses omoplates se confondent, je vois trouble. Pourquoi me parle-t-il, celui-là ?

— Il s'app... elle... le docteur Co... Como.

Mon cœur cogne. Ma gorge s'assèche.

— Il est... trrr... ès bon... tu peux... lui faire... conf... fiance.

Je me tords les mains pour les empêcher de trembler. Je me ferme, ne l'entends presque plus.

— La zone est... sécurisée... pars... va voir... le docteur Como... dans... la... la ville de... de... Koum...

Luzolo incline vivement la tête vers lui. Les paroles du capitaine meurent dans son oreille avant qu'il ne perde connaissance.

Mes épaules s'affaissent. Je suis submergée par l'émotion. Elle grossit en moi, déferle en lame de fond. Si puissante qu'elle emporte toutes mes barrières. Les doigts de Luzolo se posent sur mon épaule.

— Nekeli..., murmure-t-il.

Un pas lourd retentit dans la galerie. Luzolo ôte sa main, je relève la tête. Le Scorpion entre dans la cellule, un seau au bout de chaque bras.

Je lui fais signe de les poser à mes côtés, trempe un linge dans l'eau et commence à nettoyer les plaies du capitaine. Mes gestes sont précis, maîtrisés. Il gémit faiblement, je continue. Je m'en fous de ce qu'il a dit. Je m'en fous.

20

Le capitaine est mort. De ça aussi, je me fous.

Non, c'est faux. Je suis contente. Ces paroles qu'il a prononcées, c'était n'importe quoi. J'ai lavé ses blessures, et j'ai appliqué la pommade, fort. Tant mieux si je lui faisais mal. J'étais en colère qu'il se soit adressé à moi pour me raconter ses histoires d'embrouilleur. J'étais furieuse contre Luzolo de ne pas l'avoir assommé pour le faire taire. Énervée contre moi-même de l'avoir écouté.

De quoi se mêlait ce sale gradé de l'armée régulière ? Il a joué au mutique avec Grand Cobra, alors pourquoi il m'a parlé à moi ? Pour me cafouiller ! Voilà, pour me cafouiller ! Eh bien, c'est raté.

Moi, je ne suis pas là pour écouter les sornettes des gradés bavards, je suis là pour entendre le silence de ceux qui ne veulent pas mourir, flairer leur peau suante de terreur, deviner leurs caches et prévenir les Scorpions pour qu'ils s'occupent de leur sort. C'est mon rôle. Point.

Heureusement, le commandant des gouvernementaux a tout lâché. Pas d'honneur, celui-là, rien. Il a donné des informations détaillées à propos de la nouvelle base militaire que le gouvernement construit sur un emplacement qui est la propriété de Grand Cobra. C'est de la provocation. Personne n'a le droit de prendre les territoires du père des rebelles ! Alors on y va. Ils vont payer leur arrogance ! AYAYA !

*

Deux poids lourds débâchés remplis de Scorpions, dix pick-up de combat, un Land Rover pour le commandant Chandu-mon-ami, c'est la première fois que je participe à une aussi grosse action.

Cette nouvelle base que construisent les gouvernementaux est très loin, on dort trois nuits sous les camions. Avec Noumou, on renifle de la poudre de combat, même si on ne combat pas tout de suite, et on parle de l'attaque du chantier. On est tellement excités que le sergent Mouanga nous ordonne de nous calmer. Luzolo, il nous regarde avec son air. Il m'agace un peu depuis qu'on n'est plus avec le commandant Soussa. On ne devine jamais ce qu'il pense. Si ça se trouve, il se croit supérieur parce qu'il sait lire et pas nous, et qu'il va devenir un officier de Grand Cobra. Mais est-ce qu'il sait pagayer une pirogue ? Et grimper au sommet d'un manguier pour cueillir les meilleurs fruits à offrir à sa mama ? Je suis sûre qu'il ne fait pas la différence entre les poissons et les poissonnes pour ne pas pêcher des ventres pleins d'œufs et détruire la descendance qui nous nourrira.

Je grognonne dans ma tête, les cahots me projettent de ce côté-ci et de ce côté-là, les trous sur la voie font grincer les essieux et couiner les suspensions. Je pense : « Je vais dormir puisqu'on n'a pas le droit de parler de la bataille avec Noumou. Si je dors, on arrivera plus vite. » L'excitation de la poudre de combat commence déjà à retomber. Je suis fatiguée de toute cette piste qui défile derrière nos roues, tantôt rouge, tantôt jaune, tantôt d'une couleur qui est peut-être marron ou peut-être vert foncé. Notre pays est trop grand, je ne sais même plus où on se situe à force de rouler. Mes paupières commencent à s'alourdir comme il faut, ma respiration ralentit, je caresse le galet rose dans ma poche pour me calmer, et mes oreilles m'avertissent qu'elles captent un son anormal qui n'appartient pas au convoi.

Je suis un soldat Scorpion, je ne prends pas ce genre de mise en garde à la légère. Alors je me redresse et je me concentre. Effectivement, j'entends un bruit de moteur qui ne ressemble à aucun autre que je connaisse. Je suis certaine qu'il arrive derrière nous. Je plisse les paupières, j'aiguise mon regard. Rien sur la piste. Le grondement est très loin, mais je devine que quand il sera proche ce sera infernal. Or quand quelque chose promet de faire un vacarme plus puissant que notre colonne bruyante, forcément, c'est inquiétant.

Je préviens le sergent Mouanga en faisant le signal d'alerte, bras tendu, paume levée, pour signaler un problème et demander l'arrêt du convoi. Le souci, c'est qu'aujourd'hui nous sommes dans le camion de queue. Le sergent frappe le code sonore avec sa crosse contre la cabine du chauffeur pour qu'il fasse des appels de phares au pick-up devant, et ainsi de suite jusqu'à ce que stoppe le véhicule de tête. Mais c'est déjà trop tard. Le bruit devient plus précis et je me dis : « Il vient d'en haut ! C'est impossible ! Aucun oiseau n'est aussi retentissant ! » Je tends l'index vers le ciel et cette fois, tout le monde entend.

— Salopard de gradé, chien de commandant ! gueule le sergent Mouanga. Il nous a conduits dans une embuscade ! On a un putain d'avion de chasse au cul !

Les autres devant ont compris, les chauffeurs freinent dans des crissements infernaux. Ensuite, c'est le chaos, Luzolo se rue sur moi et me projette par-dessus bord. L'impact au sol me coupe la respiration, je roule, roule loin dans les pierres, mon arme me cogne et me fracasse les côtes. Le ciel éclate en même temps qu'un monstre gris crève le plafond de nuages. Un hurlement strident me déchire les tympans, je plaque mes mains sur mes oreilles et le monde explose, souffle mon corps, en crachant sur mon dos des gerbes brûlantes.

21

« Nkli Nkli Nkli. » Mes tempes frappent une petite musique. J'ai la douleur devant, dessous, derrière, en haut, dessus, en bas, partout. « Nkli Nkli Nkli. » Mes yeux résistent : « Non, non, non, on ne s'ouvre pas, on préfère retourner là où on ne peut voir que ce que fabrique ton esprit endormi. » « Nkli Nkli Nkli. » Il y a beaucoup de brume là où je suis, ça me cercle, ça m'empêche de respirer. Surtout avec cette odeur. Une puanteur de raid-village, mélangée à une montagne de pneus en feu. Ça me racle la gorge, ça me fait tousser.

— Nekeli ! Nekeli !

Mes oreilles s'ouvrent d'un coup.

— Nekeli, tu m'entends ?

Luzolo ? Je reconnais sa voix.

— Nekeli !

Je les ouvre, mes paupières. Il faut bien regarder ce qui se passe puisque je suis réveillée.

La figure balafrée de Luzolo se penche sur moi avec un air, un air... un air que quand je le vois il me traverse d'un souffle froid. Je me redresse. Ayiééyiéé ! Que j'ai mal ! Mais je ne crie pas. Sinon tout le monde se moquera de moi et peut-être que le sergent Mouanga me semellera, même s'il ne fait jamais ça.

Luzolo me soutient et mouille mes lèvres. C'est bien, c'est frais, ma langue lèche les gouttes. Je regarde mieux d'où vient cet incendie de pneus et de gens noircis qui me râpe le nez. Ayiééé ! Je suis cassée ! La douleur pour redresser mon corps ! Ayiiiéééé !

Je vois ce qui brûle. Je comprends l'air de fantôme de Luzolo. Je sens que je prends la même figure.

Il n'y a plus de convoi. Tout a explosé brûlé. Les poids lourds, les pick-up, le Land Rover du commandant Chandu-mon-ami. Des Scorpions gisent autour éparpillés. Entiers, en morceaux, en tas. Des flammes s'élèvent encore mais plus rien ne respire.

— Est-ce que tu es mort ? demande ma voix à Luzolo.

— Non, je suis en vie, et toi aussi.

Il ajoute :

— Tu te souviens ? On a sauté du camion avant le bombardement.

Il raconte le monstre gris qui s'appelle un avion, les balles géantes qui s'appellent des bombes, le convoi explosé. Il explique que les gradés de l'armée régulière devaient avoir des consignes s'ils se faisaient capturer. Celles de se taire pour laisser le dernier en vie raconter un tas de bêtises qui sembleraient crédibles. Il parle d'alerte chez les gouvernementaux, de surveillance de la piste-piège-à-rebelles, de cette région qu'ils veulent reprendre, de radars tactiques. Il dit que Grand Cobra ne veut pas des outils technologiques dans son armée, même pas les téléphones, pour que personne ne puisse détecter ses repaires secrets et trouver l'emplacement de ses bases. Mais que ça n'a pas empêché les gouvernementaux de détruire un de ses meilleurs bataillons Scorpions.

Je ne comprends pas ce qu'il explique, je ne connais pas ces mots et ces choses ! Il y a trop de paroles inutiles. Mes yeux errent sur le champ de corps et de véhicules en ruine. Errent et cherchent. Les derniers feux se consument. Luzolo finit par se taire, à court de mots.

On attend,

Immobiles.

On regarde.

Je fouille.

Jusqu'à ce que la dernière braise s'éteigne et avec elle les sons. Ça devient le désert, ici. Mais mon crâne résonne de toutes les batailles que nous avons menées. Il est rempli de cris. Plus le paysage devient muet, plus ces cris résonnent. Dans la guerre, même le silence fait du bruit.

Un peu plus loin, à quelques sautilles de nous, je trouve enfin. Un petit tas avec encore une tête, des jambes et des bras. « Hannn » fait mon souffle. Mes os font « Hannn ».

Je sais... Je sais qui c'est, celui-là.

Je m'en fous de mon corps écrasé, je m'en fous ! Je pousse Luzolo, je me mets debout sur mes pieds, je cavale. Ma jambe traînée, mes côtes cassées, mes blessures, je ne les sens pas. Ce que je veux, c'est faire lever ce minuscule soldat qui n'a rien à faire couché là.

Je me casse en deux pour lui parler.

— Hé, ho ! C'est pas le moment de se reposer !

— Elle est où, ta machette ?

— Allez, lève-toi !

— Ho, hé ! Noumou, réponds, alors ! À quoi tu joues ? Hé, bouge-toi ! Tu m'inquiètes, à la fin !

Je me déplie, je dis :

— Tant pis, je pars !

Je marche décidée, comme si j'allais pêcher, ou rejoindre les autres qui nous attendent dans les bouquets de bananiers. J'examine derrière mon épaule, je reviens.

— Bon, debout ! Cette fois, ça suffit !

Je me penche pour regarder ses yeux. Lui aussi regarde mes yeux, mais je crois que ça ne sert à rien que ce soit moi devant lui. Il fixerait n'importe qui de cette même manière.

Je tombe à genoux.

« La guerre est terminée, Noumou ! Pas partout, mais pour nous, c'est fini. On rentre, tu entends ? Je suis ta mama Nekeli, je vais prendre soin de toi, ne t'inquiète pas. Tu veux être petit sans soucis ? Tu as le droit ! Tu veux sauter criquet avec les chèvres ? Tu as le droit ! Tu veux faire des sottises qui font tourner bourrique ? Tu as le droit ! Même parler, tu peux.

Même rire et embrasser, tu peux, mon Noumou. C'est idiot de mourir quand on a tout ça à soi. »

Voilà.

Voilà la guerre.

Les adultes décident, bataillent, torturent, larguent des bombes. Les enfants meurent.

Qu'est-ce qu'on peut faire, nous, hein ? On n'est rien dans tout ça. Rien.

Personne, nulle part, ne sait qu'aujourd'hui un enfant qui s'appelait Noumou est mort.

Luzolo m'aide à enterrer son petit rien de corps. Je confie son âme à nos ancêtres et à tonton Kanyi, mama Kimia, ses parents.

Mes épaules sont raides, mes yeux ne pleurent pas.

Luzolo dit : « Viens. » Je viens.

22

On marche, on avance, on ne fait que ça. Nous n'avons pas de pommade-cicatrice, pas de parfum chasse-moustiques, pas de kalachs, juste une grosse machette et deux couteaux que nous avons trouvés sous des débris de camion. Les insectes se battent pour nous attaquer. Nos blessures tirent et souffrent, nos piqûres piquent et gonflent. Mon souffle siffle, mes côtes cassées l'empêchent de passer. On pue comme des boucs, nos vêtements sont en lambeaux, on est pareils à des déchets qui se déplacent, couverts de croûtes. On tombe, on se relève, on a très faim, on se cache à cause des gouvernementaux qui ont des yeux partout.

Luzolo trouve toujours des points d'eau pour nous abreuver et laver nos plaies. Je ne sais comment il s'y prend. Si j'entends une automobile arriver au loin, on se jette dans les feuilles, les herbes, les épines, ce qu'il y a. Une charrette, on se jette pareil. Un camion, une moto, pareil. Tout le monde veut la peau des rebelles et nous, on porte la marque de Grand Cobra. Nous croisons des vestiges de villages incendiés. Pas un os, il ne reste. Des plantes de culture ont repoussé, isolées dans des parcelles. On ne peut pas les cuisiner, on ne fait pas de feu, la fumée nous trahirait. On croque le maïs cru, la patate crue, les lézards crus, on boit l'eau d'un marigot marron, après on a la colique.

Si je couche ma tête pour me reposer, c'est la guerre dans mon esprit, je ne ferme pas les yeux. La nuit, les étoiles pointent leur lumière, elles brillent trop, j'ai peur qu'elles m'arrosent de bombes.

Luzolo prend soin de moi, je ne m'occupe pas de lui. Je le suis, c'est tout. C'est déjà beaucoup parce que je voudrais rester au milieu de la piste et me transformer en caillou. Je repense à toutes ces choses que j'ai vues et à ce que j'ai fait de mal. Broussards, soldats, tous des ennemis. Je me sens un monstre. Si ça se trouve, je suis devenue un esprit démon. Mon épaule est lourde sans kalach accrochée dessus, j'ai la tremblote, c'est le manque de la poudre de combat. Il me gigote, ce manque-là. Si Noumou était pendu à mon bras, je trouverais le courage...

« Tu as survécu à tout ce qui te tuait parce que au fond de toi tu ne veux pas mourir, Nekeli ! gronde mon moi-même. Arrête de penser à la guerre, survis à chaque jour qui passe, c'est la seule chose possible. »

Ma souffrance est ancienne, elle a des rides sur le front et des poches sous les yeux. Je m'habitue à sa présence. De toute façon, je ne peux pas l'enlever.

Je laisse mes chaussures grosses semelles au bord de la piste. Je préfère mes pieds libres.

Je continue. Je vais de l'avant.

J'enfile les pas. L'un après l'autre.

Combien de temps ça dure ?

J'enfile, je fuse, je cours.

Je me dépasse.

À chaque foulée je me détache de moi soldat.

Tigresse, Sorcière, je les laisse derrière.

*

Nous sommes assis entre des fougères, au bord d'une rivière où flotte une pirogue abandonnée. À l'intérieur, des algues ont poussé. J'ai fabriqué un harpon et j'ai attrapé un poisson assez gros pour nous nourrir.

Sa chair était grasse, nos ventres contents. Nous nous sommes habitués à manger cru, nos boyaux ne se tordent plus.

— Je peux te poser une question, Nekeli ? demande Luzolo.

J'acquiesce du menton.

— Je me demandais si tu avais des projets. Par exemple, où veux-tu aller, maintenant ?

Je hausse les épaules. Je ne sais pas ! Je ne m'occupe que de survivre au jour le jour, pas d'avenir.

— Et toi ? je l'interroge. Qu'est-ce que tu comptes faire ?

Ses traits sont creusés par la fatigue et cette longue route de tous les jours, mais son sourire illumine son visage.

— J'aimerais retrouver mes parents, je garde l'espoir que ma ville n'est pas détruite. Grand Cobra n'a jamais parlé de ma région, il prend les territoires autour des forêts, pas ceux au bord de la mer.

Ça alors, il a encore des parents ! C'est incroyable ! Je me dis que moi, je n'ai plus de papa, plus de mama, plus de village, plus personne. Mes doigts grattent la petite poche de mon pantalon cargo. Comme ça, ils grattent et sentent une bosse. Ils s'excitent : « Olalala, ce serait possible ? »

— Si tu en as envie, tu peux m'accompagner ! s'exclame Luzolo. C'est grand chez moi, ma famille t'accueillera avec plaisir. Je serai heureux si tu décides de venir !

Le petit galet rose est resté à sa place dans ma poche ! Je le croyais perdu et il est là ! J'étais tellement sûre de ne plus l'avoir sur moi que je ne l'ai pas cherché. Ah, ce que je suis contente ! D'un coup, je ne pense plus que la vie est longue et lourde. Je dis :

— Merci Luzolo, mais j'ai mon frère Soulaï. Je vais partir le chercher chez le commandant Soussa et retourner avec lui dans notre village.

Je ne pense pas : « C'est dangereux, tu ne sais pas comment tu feras pour retrouver la base et parler à Soulaï. » C'est ce que je veux. C'est tout.

Luzolo ne me dit pas que c'est une chose impossible, il déclare calmement :

— Je sais où se trouve ton village, j'étais prisonnier dans le camion des Frelons quand ils l'ont attaqué.

Il se tait un instant et l'image de la natte bleue éclaboussée de sang traverse mon esprit.

— Je vais te montrer où nous sommes, comment gagner la base du commandant Soussa et ensuite rentrer chez toi.

De la poche intérieure de sa veste déchirée, il sort un long papier plié. J'ouvre des yeux ronds.

— C'est une carte de notre pays. Elle était dans les papiers qui sont tombés de l'armoire quand on a attaqué le baraquement des gradés. Ça n'a pas été facile de m'isoler pour l'étudier, mais je me suis débrouillé. Je la connais par cœur.

Je le dévisage.

— Tu espérais t'échapper ?

Il aplatit les fougères, étale la carte dessus. Elle est immense.

— Au début, je voulais seulement comprendre où je me trouvais. J'assistais aux réunions de Grand Cobra avec les officiers qui le visitaient, j'étais son secrétaire chargé de tout noter. Ils nommaient sans cesse de nouveaux lieux qui m'étaient inconnus.

Du plat de la main, il lisse le papier.

— Ensuite le capitaine torturé a parlé du docteur Como qui venait en aide aux enfants-soldats. J'ai trouvé sur la carte la ville dont il m'avait soufflé le nom.

Sa voix devient rauque.

— Je me suis dit que si j'échouais à retrouver ma famille, j'irais voir ce docteur Como. À partir de ce jour, j'ai attendu le bon moment pour m'enfuir. Il est arrivé plus vite que je ne le pensais.

Son index se pose sur un endroit de la carte.

— Nous sommes ici. Cette ligne bleue représente la rivière. Tu vois sa courbure en forme de queue de crocodile ?

Je hoche la tête.

— Regarde, c'est la même.

Il désigne la berge en face de nous. La même !

Il me montre les forêts et les fleuves, les collines et les plaines, les territoires rebelles, ceux du gouvernement, les endroits dangereux, ceux qui sont sécurisés. C'est tellement grand ! Je mélange tout !

— Les bases des hommes de Grand Cobra sont toutes situées dans cette immense zone forestière.

Il cercle du doigt un immense territoire vert foncé.

— Pourquoi les avions de l'armée régulière ne les bombardent pas ? je demande. Ce serait terminé, il n'y aurait plus de guerre !

Luzolo hausse les épaules.

— Je ne sais pas. Les opérations rebelles n'ont jamais lieu à proximité des bases. Peut-être que le gouvernement ignore leur position exacte.

Il soupire.

— Mais je pense que les véritables raisons sont plus compliquées... des alliances avec d'autres pays corrompus, des histoires d'argent, de drogue comme la poudre de combat, de vente d'armes. Je ne comprends pas tout, mais suffisamment.

Il pose sa main sur mon bras.

— Nous avons de la chance, nous connaissons le fleuve immense dans lequel se jette cette rivière où nous sommes.

Je le regarde, interloquée.

— Tu te souviens de la nuit au village avant notre débarquement dans la forêt du commandant Soussa ? Koffi a fait une crise, tous les prisonniers avaient peur, et toi, tu l'as giflé.

— Dans le village de pêcheurs avec les cases aux jambes de bois ?

— Ça s'appelle des pilotis.

Il esquisse un sourire triste.

— Cette nuit-là, nous étions au bord de ce fleuve. Et la rivière de ton village aussi se jette dedans. Tu devras le remonter, je t'expliquerai comment te diriger.

— Et ta ville, où est-elle ?

Son index se pose léger.

— Ici, au bord de la mer, à l'autre bout du même fleuve. Nous resterons reliés.

Il désigne la pirogue du menton.

— Tu serais capable de la remettre en état ?

J'examine l'embarcation. Elle est étanche, ce sont les grosses pluies qui l'ont remplie. Il faut la nettoyer, enlever les algues, l'enduire de résine.

— Je pense que oui...

— Je vais graver des plans pour toi sur des écorces, puis nous partirons.

C'est ce qu'il veut. C'est ce que je veux. Nous le ferons.

23

Je pagaie vigoureusement sur le fleuve marron. Ce matin, j'ai laissé Luzolo à l'embouchure de la rivière. Il continue son voyage à pied.

Il m'a appris à comprendre les plans qu'il a gravés pour moi sur des écorces. Il m'a expliqué comment trouver la base du commandant Soussa, puis comment regagner notre village. Ce sera un voyage très long, six lunes au moins. Il m'a aussi montré où se trouve la ville du docteur Como. C'est encore plus loin.

Je me suis fabriqué une longue pagaie, puis nous avons attendu que le soleil sèche l'enduit de boue, de foin et de résine dont j'avais badigeonné la coque de la pirogue avec un bâton. Je lui ai raconté mon village au bord de la rivière, il m'a décrit sa ville qui s'ouvre sur la mer.

« J'aime m'asseoir sur la plage en sortant du collège. Le soleil du soir se baigne, trempé jusqu'aux épaules.

La ligne d'horizon brûle à petit feu, le ciel voilé de rouge fait ses adieux, et la nuit retient son souffle. »

C'était beau.

Tandis qu'il parlait, j'apprenais à lire sur ses lèvres.

« Sois prudente lorsque tu arriveras à la grande boucle du fleuve, m'a-t-il répété pour la troisième fois, au moment de nous séparer. Il y a un embarcadère de rebelles dans ce coin. Attends la nuit pour passer, tu prendras moins de risques qu'en pleine journée. »

« Je ferai attention », je l'ai rassuré.

« Au revoir, Nekeli. »

« Au revoir, Luzolo. »

Nos regards ont vacillé, ne se sont rien promis.

Le fleuve est très fréquenté, je croise beaucoup d'embarcations. Certaines à rames, d'autres à moteur. À leur bord, il y a des femmes, des hommes. J'imite les pêcheurs, je lève une main pour saluer. Ils me regardent, curieux. Le premier soir, je fabrique des petits paniers nasses en écorce de palmier, les mêmes que ceux que j'ai remarqués sur les autres pirogues. Le lendemain, je n'étonne plus personne, je ressemble à tout le monde.

J'ai peur de retourner à la base du commandant Soussa, j'ai vécu tant de terreurs là-bas. J'essaie de ne pas y penser. Mais bien sûr, j'y pense.

Quand j'étais Scorpion, trois fois ce diable est revenu chez Grand Cobra. Je ne le quittais pas des yeux pour qu'il me donne des nouvelles de Soulaï.

Il faisait des gestes pour que je le lâche, comme s'il chassait les mouches. Il ne m'a jamais rien dit.

*

Au fil des jours, les rives se couvrent d'épaisses broussailles, j'entre dans la forêt, le cours d'eau en sort. La lumière se tarit, ne restent sur les berges que quelques cabanes isolées.

J'affronte le courant qui charrie des branches, des troncs, des racines. Toute une vie de forêt achevée s'en va s'échouer au bord de la mer et me lance au passage : « Il est dangereux, ce fleuve, son caractère est tumultueux ! Prends garde à ses humeurs, ses méandres et ses turbulences ! » J'écoute les pressions et les dépressions de l'air qui m'avertissent des récifs. Je lui livre bataille, je lutte avec ma pagaie, sans haine ni rage, j'y mets toute ma force et mon respect.

Le soir, un peu avant la nuit, je m'engage dans un petit affluent – il y en a des dizaines. Je coupe une liane, amarre solidement ma pirogue aux racines d'un arbre, vide mes nasses. Puis je mange, tapie dans les feuillages. Je ne fais aucun feu, je suis invisible. Chaque jour me rapproche de Soulaï, chaque jour mon cœur bondit davantage, sautille sa petite danse d'allégresse dans ma poitrine. Et la peur lance de plus en plus souvent ses poings dans mon ventre.

*

J'arrive en amont de la grande boucle du fleuve au moment où la nuit tombe. J'ai déjà pagayé des heures contre un courant puissant. Les muscles de mes bras me brûlent. Je continue, résolue, sinue entre les amas de branchages qui fusent dans l'ombre, en espérant passer inaperçue.

Je pousse des « Han ! Han ! » dans mon esprit pour me donner du courage, et voilà que j'entends, au-delà du virage agité de vagues, encore hors de portée de ma vue, un moteur, deux, trois, quatre ! Le serpent sur mon épaule se met à cracher du feu. D'un geste, je glisse les plans de Luzolo sous ma chemise. Les pétarades se précisent.

Vite, vite, vite ! Ma pagaie plantée dans les flots. Vite, vite ! Je gagne la berge. Ce qu'il est large, ce fleuve ! Il n'en finit pas ! Et ces aboiements de moteurs qui grossissent derrière cette courbe. Vite ! Dépêche-toi, Nekeli !

Ils surgissent alors que j'atteins presque le bord. Quatre bateaux hérissés d'hommes, eux-mêmes hérissés de kalachs, lancés à pleine vitesse dans des vapeurs d'essence. Mon cœur se brise en silence. Déjà ils me repèrent. Ils braillent, m'ajustent, me tirent. TAC-TAC-TAC-TAC-TAC ! Mais dans l'obscurité, ce n'est pas moi qu'ils trouent, c'est ma coque. Ma colère enfle. AH NON ! AH ÇA NON ! ILS NE M'AURONT PAS ! Mon corps se balance, ma tête s'enfonce dans mes épaules, mon dos ploie, mes bras pilonnent pilon, ma pagaie plonge, vole, plonge ! TAC-TAC-TAC-TAC-TAC ! J'y suis ! Je lâche ma rame, prends appui sur la coque qui s'enfonce, bondis !

J'atterris sur une racine, je glisse, pousse, me hisse, vite ! VITE ! ILS ARRIVENT ! Je cours, cavale de toutes mes forces. Il y en a un qui s'acharne et me poursuit, ses balles miaulent en furie. « Colt commando », je me dis. J'accélère, m'enfonce dans la forêt d'un noir plus intense que la nuit. J'entends ses semelles lancées à mes trousses. « Vite, vite, Nekeli ! » Je ressens une brûlure pointue au flanc, une détonation retentit simultanément.

« Je l'ai eue ! » gueule le tireur. Je trébuche, me relève. Je n'entends plus ses pas me poursuivre. Une main pressée sur ma blessure, je m'élance en grognant de douleur dans la forêt plus sombre qu'un ciel sans lune.

24

J'erre depuis trois jours entre les arbres immenses.

Hier, avec mon couteau, j'ai cherché à ôter la balle du rebelle fichée dans ma chair. Tout ce que je suis parvenue à faire, c'est me charcuter davantage. J'ai appliqué un cataplasme de baies sur ma plaie, puis je l'ai recouverte d'une large feuille, maintenue par mon foulard gombo noué autour de mes hanches.

L'humidité qui goutte des feuillages m'offre suffisamment d'eau pour calmer ma soif, mais je faiblis avec cette blessure en feu, et la faim me tenaille. Je ne connais pas les fruits des arbustes qui m'entourent, alors je n'y touche pas. Si ça se trouve, ils sont poisons. Les plans de Luzolo qui dessinent les zigzags du fleuve ne me servent plus à rien, je suis complètement désorientée. Dans ma tête des ténèbres, lourdes, glaciales, mes jambes du coton. Je m'affaisse contre un tronc, je voudrais réfléchir, rassembler mes idées, mais tout s'obscurcit.

*

Je n'ai aucune idée de l'endroit où je me réveille. Je suis étendue à plat ventre sur une natte, les bras le long du corps, la tête tournée sur le côté. Pour tout vêtement, je porte un pantalon qui n'est pas le mien, le tissu est plus souple sur ma peau, plus doux. Je voudrais ouvrir les yeux, mais impossible de soulever mes paupières, elles sont collées, chargées d'un emplâtre épais. Son odeur puissante et acidulée me rappelle celle de la pommade-cicatrice. S'y mêle un autre parfum, plus musqué, que je ne connais pas. Est-ce un soin ? Je me sens écrasée de fatigue mais j'essaie de bouger, mon corps s'arque et se débat. Une douleur sourde me traverse l'épaule, tandis qu'une autre, plus aiguë, insupportable, lance ses flèches au-dessus de ma hanche gauche.

Des mains légères parcourent mes flancs et mon dos. La fraîcheur d'un baume calme la souffrance. J'entends des feuilles bruisser, chanter des oiseaux et rire des singes. Je sombre de nouveau.

On me glisse le bec d'une calebasse entre les lèvres. J'aspire. L'eau fraîche apaise ma gorge sèche. Toujours cet intense bruissement de feuilles, j'ai la sensation d'être perchée au sommet d'un arbre. La douleur est moins vive, comme engourdie. Il faut que je me retourne, que mes yeux s'ouvrent ! Une brume m'envahit l'esprit.

Je dors sans rêves et sans lourdeurs.

Ça fait un moment que j'entends fureter par-ci, par-là et que les doigts plus délicats que des pétales s'affairent sur moi. Ils retirent doucement le cataplasme qui m'aveugle. Derrière mes cils, je distingue une jeune fille avec des yeux, et... un sourire ! J'ai l'impression que le monde entier me sourit à travers ses lèvres et ses dents.

Elle s'adresse à moi dans une langue pépiante et roucoulante, un langage d'oiselle que je ne comprends pas, mais qui sonne doucement à mes oreilles. Sa paume referme mes paupières. De nouveau, cette substance fraîche, odorante, infiniment apaisante, appliquée par petites touches, qui, une fois sèche, se transformera en solide pansement.

Depuis combien de temps n'ai-je pas vu une jeune fille sourire ? Il y a bien eu ces timides lumières sur les lèvres de Temona lorsqu'elle me racontait les plantes, cachée accroupie derrière la tente... mais depuis ? Les filles des raids-village étaient défigurées et les petites femmes de Grand Cobra utilisaient mille stratagèmes pour échapper au coucher-obligé. Elles se frottaient les dents à la pierre rouge pour en ternir l'éclat, avalaient de l'ail par gousses entières, laissaient sécher entre leurs jambes leur sang des mères. C'était prendre beaucoup de peine pour rien. Leurs efforts pour s'enlaidir et dégoûter le reptile ne le dissuadaient pas.

*

Les jours passent ainsi, je n'ai plus peur, je me laisse aller, molle et tiède. La douleur s'apaise, mon corps se détend. Un soir, la jeune fille me pépie son ruisselet de mots à grand renfort d'envols de doigts oiseaux. Je comprends qu'elle m'annonce que je n'ai plus besoin du plâtre de soin sur mes yeux. Alors je les ouvre tout à fait. Elle me soutient tandis que je me retourne sur la natte, puis m'aide à passer une tunique. Le tissu fluide semble un souffle sur ma peau.

— Dao, dit-elle en pointant sa poitrine.

Je lui souris.

— Nekeli.

Sa bouche s'étire, laisse entrevoir l'éclat de ses dents. Son visage rond est encadré d'une chevelure épaisse, d'un noir brillant. Ses sourcils, parfaitement dessinés, subliment son regard cuivré qui me rappelle les eaux précieuses de ma rivière. Son teint est rehaussé de peintures d'un bleu profond. Trois lignes très fines qui soulignent ses pommettes et s'étirent sur ses tempes.

La nuit tombe. Au moyen d'une petite liane, d'un bâton et d'une poignée de mousse sèche, elle allume un foyer qui repose sur une structure en terre. Puis elle me fait signe d'attendre et sort de la case. Les parois et le sol d'écorces et de feuillages tressés tanguent, le toit de palmes se balance. Je referme les yeux, un peu étourdie.

Partout de doux murmures d'oiseaux qui se caressent dans leurs nids, des frémissements soyeux de feuilles, des chuchotis de vent. Où suis-je ?

De nouveau, la case chaloupe. Une vieille femme apparaît. Petite, les yeux calmes et sombres comme un lac nocturne. Un trait ocre épouse la ligne de son nez, des points de la même couleur sont peints sur ses joues.

— Bienvenue chez le peuple des arbres, Nekeli, dit-elle dans ma langue. Je m'appelle Ma'Yélé.

Il y a dans sa voix tant de miel et de soleil que l'émotion me submerge.

— Merci... je bredouille.

Elle s'accroupit à mes côtés, pose ses mains sur les miennes.

— Comment te sens-tu ?

— Un peu faible, mais... je vais mieux. Merci de m'avoir soignée.

— J'ai retiré la balle logée dans ton flanc, m'explique-t-elle. Par chance, elle n'a pas causé de graves dégâts. Lorsque Dao t'a trouvée, les fourmis avaient envahi ta plaie et couraient sur ton visage.

Elle examine mes paupières.

— Je craignais qu'elles aient souillé tes yeux, j'ai préféré pratiquer le soin.

Elle marque un silence, plonge son regard dans le mien.

— Tu étais aussi la proie d'une magie noire puissante.

Ma mâchoire se contracte.

— Rassure-toi, ma médecine t'a purifiée. Aucun esprit malfaisant ne te menace à présent.

Elle ajoute :

— Pour cela, j'ai dû inciser ta peau et ôter le serpent qui t'empoisonnait.

Mon souffle s'accélère, ma poitrine se creuse, mes doigts tremblants se fraient un chemin sous la tunique. Ils n'osent pas toucher, hésitent, puis se posent, palpent la fine cicatrice qui barre mon épaule. Une simple ligne.

Je ne porte plus la marque de Grand Cobra.

Je suis libre.

Mon cœur est en pleurs, j'explose de joie. Je voudrais hurler, rire, et serrer cette femme dans mes bras.

Ma'Yélé sourit.

— Tout va bien se passer, Nekeli, dit-elle. Ici tu es en sécurité.

Elle me tend la main.

— J'ai quelque chose à te montrer.

J'aimerais bondir d'allégresse, mais je me lève péniblement. Mes jambes vacillent, mes muscles ont fondu. Je m'appuie sur la vieille femme.

— Ne t'inquiète pas, tu retrouveras bientôt tes forces, dit-elle en m'accompagnant sur le seuil. En attendant, regarde ! Il n'y a pas de meilleur remède.

D'un geste, elle me présente le ciel.

Je lève la tête. Nous sommes perchées au même niveau que la cime des arbres, aucun feuillage touffu au-dessus de nous, seulement la nuit immense, poudrée d'étoiles.

25

Je viens de descendre de la case des invités. Il m'a fallu une semaine de repos supplémentaire pour trouver l'énergie et la souplesse nécessaires à cet exploit.

— À ton avis, Nekeli, pourquoi le peuple des arbres construit-il ses habitations à une telle hauteur ? me demande Ma'Yélé en me voyant suante après l'effort.

Je lève les yeux. Les cases de son clan reposent sur des poteaux-palmiers hauts d'une trentaine de mètres. Pour rentrer chez soi, il faut grimper le long d'un tronc taillé d'encoches sommaires qui font office de marches. Il n'est pas fiché dans la terre, mais posé obliquement contre la porte du logis. Dès que quelqu'un l'utilise, toute la paillote bouge, personne ne peut entrer ou sortir en cachette.

— Pour échapper aux prédateurs et aux dangers qui le menacent ? je réponds.

Ma'Yélé sourit.

— C'est l'une des raisons. Mais si le clan a décidé d'habiter à plusieurs mètres du sol, c'est surtout pour dominer sa peur. Contempler de très haut ce qui effraie et paralyse permet de l'envisager sous un jour nouveau et de ne plus le trouver aussi terrible et impressionnant.

— Vous ne ressentez plus la peur, alors ?

— Si, bien sûr, c'est une émotion légitime, humaine et parfois nécessaire. Mais en prenant de la hauteur, nous parvenons à la maîtriser. Ainsi, nous conservons notre énergie pour agir, non pour subir.

Je me dis que les hommes et les femmes du peuple des arbres n'ont pas besoin de lait magique pour se sentir aussi géants que les moabis aux troncs majestueux qui entourent le village.

J'aimerais ressembler à ces gens, ils savent grimper et cheminer dans les arbres avec autant de facilité que s'ils évoluaient sur le sol. Mais pas à la manière des singes ou des bêtes sauvages. Un humain du peuple des arbres marche fier et droit dans la canopée. Il ne bondit pas à quatre pattes, il enjambe debout.

— Ma'Yélé, s'il vous plaît, pourriez-vous m'apprendre à dominer ma peur en prenant de la hauteur ?

Elle pose une main légère sur mon épaule.

— Nous t'aiderons avec plaisir, Nekeli.

Les femmes, les hommes, les jeunes et les enfants du clan se relaient pour m'enseigner à marcher dans les arbres. Tous arborent des peintures sur leurs visages, mais aucune ne se ressemble. Elles ne s'effacent pas, colorent joyeuses le grain de leur peau. Chacune semble avoir été créée personnellement pour celui ou celle qui la porte et l'auréole de force et de lumière. Ce peuple rayonne.

Ma'Yélé est la seule à parler ma langue, elle a beaucoup voyagé, accumulé des savoirs et de l'expérience. C'est une grande femme-médecine. Avec les autres membres du clan, je communique grâce à des gestes et des grimaces. J'apprends à poser mes pieds en épousant la forme des troncs et des branches, à braver l'apesanteur, à entrer en moi-même, à faire taire la forêt et ce qui la peuple. N'entendre que le pouls de l'arbre sur lequel je chemine, faire corps, m'offrir à lui pour qu'il se donne à moi.

Lorsque je marche sur un arbre, je ne suis pas Nekeli qui foule une branche de moabi – ou tout autre arbre –, j'échange, je partage avec lui. Je lui demande s'il est d'accord pour m'accueillir, nous devenons frère et sœur de sève et de sang. Une fusion s'opère entre ses veines sous l'écorce et mes veines sous la peau, nous partageons nos fluides, nos résines et nos sueurs. Je deviens l'arbre tout entier, de ses racines à sa cime, des rumeurs de ses branches à ses craquements, ses froissements intérieurs. J'apprends son langage intime, il me permet de retrouver le mien...

— Cette forêt ancestrale est notre maison, m'explique Ma'Yélé, le ventre de nos mères. Ces milliers de plantes qui nous entourent sont nos sœurs, nos familles. La forêt contient tout ce qui est essentiel et permet à la vie de s'y sentir chez elle. L'arbre est le père de l'arbre, son frère ou son voisin. Le grand se penche sur le petit et lui fournit l'ombre et la fraîcheur nécessaires. Aucun ne s'empare du fruit d'un autre, aucun ne tue un autre arbre. Ils vivent, respirent, parlent et dansent comme nous. Ils protègent les êtres humains en purifiant l'air, leur fournissent des remèdes, de la nourriture, des écorces pour se vêtir. Nous sommes nature et la nature est en nous. C'est de cette façon que l'humanité peut continuer à exister.

*

Dao m'apprend comment puiser dans les ressources que m'offre la forêt pour vivre.

— Elle n'est pas ton ennemie, Nekeli, mais ton refuge et ton alliée.

Me vient le souvenir du ventre vorace, des feuillages rampants, des tiges autour de mes jambes, des crochets griffus sur ma peau, lorsque je marchais dans la colonne des enfants prisonniers. Cette forêt, je l'ai crainte et détestée. Comme mon regard a changé !

Je vis chez le peuple des arbres depuis bientôt six lunes, j'ai appris leur langue, même si parfois je bute encore sur certains mots. J'aime passer de longs moments avec Dao, curieuse de ce qu'elle m'enseigne.

— Tout ce que mangent les singes et les oiseaux, tu peux le manger, m'explique-t-elle.

Elle me montre comment cueillir les larves et les chenilles comestibles, prélever les cocons de fourmis, récolter le miel, les fruits, les œufs et les baies, les feuilles,

les écorces et les racines, sans nuire, jamais, aux autres habitants de la forêt, et sans prendre plus que nécessaire.

Un matin, elle me propose :

— Aujourd'hui, je t'emmène à la cascade.

« Nous allons pêcher ! » je pense. Je suis impatiente, car la pêche, ça me connaît. Peut-être qu'aujourd'hui ce sera moi qui lui partagerai mon savoir ! Mais je n'en suis pas certaine, Dao s'arrange toujours pour me surprendre. Cette nuit, j'ai entendu des souffles puissants et des pas pesants progresser vers la chute d'eau, je me demande quelle créature je vais rencontrer.

Une large piste a été ouverte par les visiteurs du soir, leurs énormes pieds ont écrasé l'herbe, la terre et même des buissons. Qui sont ces géants ? Leur odeur âcre, profondément animale, colonise mes narines.

Nous sommes encore loin de la cascade, mais un fracas d'éclaboussures parvient à nos oreilles. Dao me fait signe de m'arrêter.

Elle lèche sans façon son auriculaire, le pointe en l'air, l'agite.

— Le vent souffle de l'ouest vers l'est, murmure-t-elle. Avançons davantage à gauche, ils ne pourront pas nous sentir.

— Qui ça, *ils* ? je demande.

Elle m'adresse un sourire amusé.

— *S'ils* s'aperçoivent de notre présence, *ils* peuvent avoir peur et s'enfuir ? j'insiste.

— Ou nous attaquer s'ils nous considèrent comme une menace !

Le vacarme s'amplifie, nous approchons.

J'adore me baigner là. L'eau est fraîche et transparente. Le bassin qui déborde en rivière est sans danger, les crocodiles se méfient du bruit et évitent le vacarme des chutes d'eau.

Cette fois, je ne peux plus attendre, j'écarte les feuillages.

Le spectacle est saisissant. De la beauté à l'état sauvage.

— Des éléphants ! je souffle, ébahie.

Je n'en ai jamais vu, mais tout le monde connaît cet animal de légende.

Ils sont encore plus magnifiques et imposants que ce que j'avais imaginé. Sept adultes boivent tout leur soûl, se baignent et s'aspergent avec leurs trompes. Trois éléphanteaux se vautrent dans les flaques, bouches grandes ouvertes. On dirait qu'ils rient.

Je songe à Noumou qu'il aurait fallu retenir d'aller gadouiller avec eux... il me manque.

Comment est-il possible qu'au milieu de telles merveilles des hommes soient assez monstrueux pour transformer un petit enfant joueur en abominable tueur ?

— Allez viens, je vais te montrer comment trouver des aliments cuits, prêts à la consommation ! murmure Dao.

Elle s'esclaffe silencieusement devant ma mine déconfite.

— Promis, nous reviendrons les voir après !

Nous retournons sur la piste que les éléphants ont tracée et je regarde, interloquée, mon amie fouiller dans leurs bouses avec un bâton.

— Ah, voilà ! s'exclame-t-elle.

Elle en retire des tubercules. Pas écrasés, entiers ! Elle les fait glisser sur des feuilles de bananier.

— Ce soir, nous aurons du tangawisi dans la soupe. C'est la fête ! se réjouit-elle. J'adore son goût acidulé, pas toi ?

Je le dévisage, stupéfaite. Elle rit.

— Les éléphants sont gloutons, ils ne mâchent pas toujours leur nourriture et l'avalent tout rond. Leur estomac cuit ces aliments, et ce qui n'a pas été digéré est évacué. Il suffit ensuite de se servir, de bien laver et de se régaler !

Elle replie les feuilles et glisse les paquets dans le sac qu'elle porte sur son dos.

— Ma'Yélé ne me l'a pas demandé cette fois, mais dans les excréments des éléphants, je collecte souvent des graines qu'elle plante ou des racines rares. Comme celles qu'elle a utilisées pour soigner tes yeux.

Elle m'adresse un clin d'œil.

— On retourne voir tes sauveurs ?

*

L'entraînement du sergent était violent et intransigeant, celui du peuple des arbres est doux et patient. Je me répare, je me prépare.

Un soir, je décide de raconter mon histoire. Depuis des mois, ces êtres prennent soin de moi, m'offrent leur confiance et leurs connaissances, ils ont le droit de savoir qui je suis.

Personne ne m'interrompt et lorsque j'ai terminé, chacun garde le silence. Certains mots m'ont manqué, ceux qui n'existent pas dans la langue du peuple des arbres, les plus barbares. Mais je me sens coupable d'avoir autorisé toutes ces images à salir leur paysage. Triste d'avoir mis la guerre et ses horreurs dans ma bouche. Je m'inquiète, j'ai peur que le clan s'épouvante de toutes ces choses abominables que j'ai commises.

— Tu as eu raison de nous parler, me rassure Ouli, le père de Dao. Ce que tu portes est très lourd, j'espère que ton fardeau est un peu plus léger à présent.

— Mon fardeau est plus léger depuis que je vous ai rencontrés, je réponds. Vous ne m'avez pas seulement appris à vivre avec la forêt et à marcher dans les arbres, mais à accueillir celle que je suis et à faire la paix avec moi-même.

— C'est une bonne chose, dit Ma'Yélé. Lorsqu'il n'y a pas d'ennemis à l'intérieur, les ennemis de l'extérieur ne peuvent nous atteindre.

— Les rebelles n'ont jamais cherché à attaquer le peuple des arbres ? je l'interroge.

— Ils connaissent notre existence, mais ils nous craignent et ne s'aventurent pas sur notre territoire. Rappelle-toi celui qui t'a blessée, il ne t'a pas suivie pour t'achever. Nous sommes plus puissants que leurs armes et leur sorcellerie, car nous avons pour protecteur le Doyen Moabi, l'arbre-miracle, l'esprit de la vie.

Elle désigne celui que tous viennent saluer le matin. C'est à peine si l'on distingue sa cime tant son tronc s'élève haut. Dao m'a dit qu'il avait plus de six cents ans.

— Un jour, peut-être, des hommes inconscients s'en prendront à ce que nous sommes. Leurs armes seront plus rusées que celles qui tirent des balles. La liberté telle que nous la connaissons est un bien précieux qui ne peut s'arracher, mais que les irresponsables avides prendront plaisir à piétiner et à mépriser.

Elle se lève, sourit.

— Ce temps n'est pas encore arrivé.

Je me mets debout, moi aussi, et je m'incline devant le clan.

— Je vous porte dans mon cœur. Jamais je n'oublierai ce que vous avez fait pour moi.

Ma voix ne se brise pas, elle s'assourdit.

— Je vais partir, il est temps. Je dois rejoindre mon frère et retourner avec lui dans notre village pour honorer la mémoire de nos ancêtres.

Ma'Yélé pose sa main sur mon bras.

— Si tu as pris cette décision, c'est que tu es prête, Nekeli.

Puis elle fixe les membres de son peuple à tour de rôle, y compris les plus jeunes. Chacun opine du menton, comme pour donner un accord solennel.

— Demain, à l'heure où le soleil se lève, retrouvons-nous au pied du Doyen Moabi, dit-elle avant de grimper chez elle.

*

Je quitte la case des invités avant l'aurore. Je voulais être la première. Comme la nuit est belle avec son ciel et ses étoiles sur la terre ! Je suis arrivée ici l'esprit blessé, le corps émietté, tout à l'heure, je vais partir l'esprit dans le corps, le corps dans l'esprit.

Je chuchote devant le Doyen Moabi :

— À tous, je voulais vous dire. Moi qui n'ai plus de papa, plus de mama, plus de Lulu, plus de grand-ma', grâce à vous, j'ai découvert que le monde pouvait être beau, et calme, et libre. Qu'il pouvait nous nourrir et nous guérir. Peuple des arbres, vous êtes ma famille.

J'entends, haut perchées, les cases murmurer :

— Nekeli, tu es notre sœur, tu es notre fille.

Les portes s'ouvrent, un peuple de jambes dévale les encoches des troncs. Les cases palpitent encore lorsque le clan me serre dans ses bras.

Je respire. L'aube point.

Ma'Yélé caresse le tronc du géant, colle son front sur l'écorce.

— Bonjour, Doyen Moabi. Comment vas-tu aujourd'hui ?

Elle lui parle comme à un ami.

— J'espère que je ne te dérange pas, je viens te présenter Nekeli.

Je m'avance sous l'arbre.

À

petits

pas

comme

ça.

Parce que l'instant est doux et délicat.

— Elle a besoin de ta force et de ton énergie, veux-tu bien lui offrir ta protection ? demande Ma'Yélé.

Elle recule, rejoint le clan qui nous entoure, le Doyen Moabi et moi.

L'air mauve
est chargé de pollen
jaune.

Je sens la fraîcheur de l'ombre et la sueur de l'arbre. Des embruns de ses racines enfouies sous terre au parfum frais de sa plus haute branche, tendue vers le ciel. Je le hume jusqu'au vertige. Je renverse la tête, il me transmet sa puissance.

Une goutte tombe de sa cime,
une perle de rosée.
Se niche au coin de mon œil.
Une autre la rejoint. Juste à côté.
Une pluie de perles,
une ondée de rosée
corollent ma peau.

Un grain de pollen. Jaune.
Se niche dans la perle
au coin.
Un autre. Juste à côté,
dans l'ondée de rosée.

Une pluie de pollen
colore ma peau.

Plus jamais je ne laisserai le langage de la peur envahir mon esprit, brouiller mes sens et mes mots. Le Doyen Moabi me protège et m'inonde de vie.

J'ai couru dans la canopée.
Je portais ma tunique d'écorce voile,
mon pantalon d'écorce toile.
Je me suis frottée contre les troncs
pour les teinter,
roulée dans les feuilles.
J'ai pris la couleur
des arbres.
Le galet rose de Soulaï
dans ma poche.

Sous mes pieds, la forêt, le fleuve marron,
la boucle.
Les rivières qu'il ne fallait pas suivre et
celle où je devais aller.
Le jour, je courais, la nuit, je courais. Je mangeais
si j'avais faim, je dormais quand mon corps
sommeillait debout.
Je parcourais le paysage des plans de Luzolo,
vu
d'en haut.
Les perles de pollen jaune
corollaient ma peau.
Il pleuvait, je suais,
elles ne s'effaçaient pas et perlaient.

Depuis mon départ de la forêt ancestrale du peuple des arbres, un petit singe me suivait. Je l'ai appelé Lipipi.

J'ai reconnu au loin le mont pelé.
À son pied, la base du commandant Soussa.
Un matin,
je me suis coulée sur une branche, j'ai commencé l'affût.

26

La branche de l'arbre qui m'accueille est large et moussue. Les moustiques s'excitent plus bas, ils ne voleront pas jusqu'à moi. Les feuillages me dissimulent aux yeux des Frelons, j'ai une vue panoramique sur la base.

Presque quatre années ont passé depuis le jour où les rebelles m'ont traînée là, mais le temps ici s'est arrêté. Les poules caquètent, les chèvres bêlent, les plantations poussent. Le puits est à sa place, les cases des caporaux, les tentes des recrues aussi. Derrière : la parcelle de patates douces, le torrent, l'arbre-asile en rideau. Les odeurs m'arrivent par bouffées et avec elles les souvenirs des supplices endurés.

Je les chasse.

Je ne porte plus la marque de Grand Cobra, je ne suis plus une enfant-soldat.

La base est calme. Les guerriers Frelons, le sorcier et le commandant Soussa sont partis en mission. Mon frère Soulaï n'est pas là.

Les femmes vaquent à leurs corvées, les enfants courent dans la poussière, je ne vois ni Nyele ni Temona. Les recrues partent pour la course dans la forêt, les apprentis Frelons sur leurs talons.

Je balaie la base des yeux. Des rayons de soleil, filtrés par les feuilles, accrochent mon regard. Ils auréolent d'un éclat vert le chaume d'un abri qui n'existait pas à l'époque où je vivais ici. Je respire un peu plus fort, un peu plus vite.

Construite entre les troncs, à l'écart de la trouée, une petite hutte en forme de ruche d'abeilles. Son toit de paille drapée touche le sol, dissimulant presque entièrement la façade tissée de roseaux. Il ne révèle que le seuil soigneusement taillé en arche. Des poissons et des pirogues ornent la porte en bois sculptée. Elle ressemble à s'y méprendre à la hutte du vieux Tewomba.

Lipipi me tend une larve dodue, je le remercie d'un sourire, le jus coule sur mon menton. Mon cœur bat lentement. Les yeux fixés sur l'abri de mon frère, j'attends.

Passent un premier jour, une première nuit.

L'odeur du sergent pique mes narines, on dirait que du fer pointu rouillé fouille dans mon nez.

Il braille toujours autant. Les recrues pompent cinquante fois en poussant sur leurs bras. Leur sueur pue la profonde terreur et l'effort éperdu.

Je me concentre sur les chants gutturaux des oiseaux, ceux stridents des petits singes verts.

J'épouille Lipipi.

Soleil. Nuit. Soleil. Nuit. Soleil. J'épie.

Nulle trace de Nyele. Je reconnais certaines des épouses du sergent. Toute la journée, elles martyrisent une fillette qui se traîne, pliée en deux par la douleur. Elle ressemble à celle qu'était mon amie autrefois. Aussi fragile et isolée. Hier soir, le monstre n'a pas éteint la lampe à huile dans sa case, la fenêtre m'offrait une vue plongeante sur l'intérieur. Il a fait venir la petite fille, l'a déshabillée et... Mon esprit s'est verrouillé, j'ai sauté sur mes pieds et je suis partie courir dans la canopée. Jusqu'à ce que les battements désordonnés de mon cœur s'apaisent.

Encore un soir. Un de plus. Patience, Nekeli, patience...

Le vin de palme circule, les hommes explosent d'un rire sauvage autour du foyer, les sentinelles rondent, kalachs pointées. Aucun garçon ne guette derrière les tentes, prêt à pisser bruyant sur les cailloux. Aucune jeune fille ne chuchote dans la nuit, à genoux contre son amie.

Où est Temona ?

Je perds le compte des jours. Ici le temps n'a plus cours.

Un Liyanzi s'est fait fouetter, je l'entends gémir dans sa tente. De ma branche, le sergent ne me semble pas plus gros qu'un pou enragé. Si j'écarte mes doigts devant mes yeux, la surface de ma main suffit à l'effacer. Je le hais, je pourrais le tuer.

Lipipi se blottit sur mes cuisses, les perles du Doyen Moabi chauffent doucement ma peau. Je reste triste, mais ma violence fond.

Aujourd'hui, quelque chose se prépare...

Les femmes des caporaux font le grand ménage dans leurs cases. L'une d'elles s'occupe de celle du commandant Soussa. La hutte de Soulaï reste fermée. Nul ne s'en approche, elle semble aussi sacrée qu'un sanctuaire.

Des parfums de cuisine embaument l'air, comme pour une fête.

Suant d'excitation, le sergent se déchaîne plus que de coutume sur le dos des recrues. Il se comportait de la même manière la veille des retours du commandant Soussa : fébrile, saisi d'une brutalité sans nom, un rictus de joie féroce déformant son visage.

Je ne dors pas. Lipipi sommeille, sa queue enroulée autour de sa petite tête hirsute. J'entends battre les ailes d'un oiseau nocturne et ses serres s'accrocher à l'extrémité de ma branche. Ses yeux jaunes, désincarnés de l'ombre, m'hypnotisent. Il darde sur moi ses pupilles fixes et noires. J'ai l'impression que la nuit elle-même me sonde, creuse dans mes tréfonds pour extraire la substance de ce que j'y enfouis.

— Oui, j'ai peur, je lui murmure. Oui, j'ai le ventre noué. Soulaï sera là demain et...

Les yeux ronds m'écoutent. Immobiles.

— J'ai peur que la guerre dans son sang ne l'ait empoisonné et qu'il m'ait oubliée.

Ma voix se tait. La forêt bruit.

Du corps invisible sort un long hululement qui se répercute sur les branches. Les yeux deviennent dorés, clignotent, l'oiseau semble attendre une réponse. Je ne sais que lui dire, alors je reprends son cri modulé, mais plus bas. Je le souffle.

Ainsi, nous hululons une bonne partie de la nuit. Lui m'encourageant en longs échos sonores, moi lui répondant en sourdine, dans des chuintements feutrés.

Jusqu'à ce que la pénombre se distingue de l'ombre, l'oiseau me fait chanter ma peur. Puis il déploie ses ailes et s'envole, emportant avec lui mes doutes et mes respirations syncopées.

Les perles de pollen frémissent sur ma peau, le Doyen Moabi veille sur moi. Je m'endors.

27

Les Frelons sont rentrés à la base en milieu d'après-midi. Les AYAYA ! ont déchiré la forêt. Trente mètres plus haut, accroupie sur la branche, j'assistais à la liesse.

Jamais mon cœur n'avait battu aussi fort, une houle gigantesque déferlait dans ma poitrine. Les rebelles ne ressemblaient plus à une bande de mercenaires loqueteux, ils portaient des uniformes en bon état, étaient bien chaussés, et leurs kalachs neuves luisaient sur leurs flancs. Les récompenses de Grand Cobra à une armée victorieuse.

Ils étaient plus farouches encore que dans mon souvenir. Ils n'avaient aucune idée de ma présence, je les dominais et ils ne m'impressionnaient plus. Si j'avais été armée, j'aurais pu les arroser de balles. Mais je ne suis pas de celles qui tuent.

Au milieu d'eux, il y avait le sorcier et devant lui, le commandant Soussa. À sa droite, le dépassant d'une tête, un guerrier.

Soulaï.

Ma peau, ma chair, ma pulpe, mon noyau, mon origine. Mon frère.

J'étais en haut, lui en bas, mais aucun détail ne m'échappait.

La guerre lui avait pris son enfance, à bientôt seize ans, Soulaï était un homme. Ses épaules larges tendaient le tissu de sa chemise brune, ses manches relevées dévoilaient ses bras musclés, couverts de cicatrices, la toile de son pantalon vert foncé s'ajustait parfaitement sur ses cuisses puissantes. Il était immense et marchait pieds nus. Sur sa poitrine, luisaient les amulettes que j'avais cousues pour lui. Son visage ne reflétait ni joie ni peine, mais une détermination froide. Et l'on sentait que jamais il ne détournait la tête. Il avait définitivement laissé son passé derrière lui.

Tout en moi bruissait, bourdonnait de rumeurs grésillantes, vibrait à en craqueler l'écorce sous mes pieds. Je buvais Soulaï du regard, semblable à une terre aride qu'une pluie diluvienne viendrait soudain irriguer. Je renaissais. De mes creux si creux, de mes vides si vides germaient des milliers de pousses, de tiges, de fleurs aux pétales chatoyants, d'arbustes vigoureux couverts de fruits. Mes bras se tendaient vers lui, voulaient l'enlacer, mes mains se tordaient de ne pouvoir le caresser. Ce n'était pas de hauteur dont j'avais besoin à ce moment-là, mais de fusion. Je voulais dévaler le tronc, coller mon corps à son corps, poser mon oreille contre son cœur.

Ma frustration était aussi puissante que ma joie, ma détresse insoutenable. Des hoquets rauques, desséchés, sont sortis de ma bouche. J'ai couvert mes lèvres de mes mains, détourné mon regard, et j'ai fui.

L'esprit anéanti, le corps fébrile, j'ai couru loin de la trouée. La respiration sifflante, je me suis recroquevillée dans le trou d'un tronc. « S'il te plaît, toi qui m'accueilles, aide-moi », ai-je supplié.

Un souffle chargé d'humus a séché ma sueur. J'ai éprouvé un fourmillement dans tout le corps, un grouillement ramifié, comme si je m'effritais, écorchée par l'écorce de l'arbre. Mes nerfs s'enchevêtraient, ma peau se craquelait, mon âme s'enroulait sur elle-même, j'étais pareille à la chenille qui entre en chrysalide. Je suis devenue rigide, rude et rugueuse, aussi raidie qu'un inerte bois mort. Un cocon pétrifié, insensible aux odeurs et aux bruits extérieurs, encoquillé tout entier sur lui-même.

Puis des voix me sont parvenues, des messages de la terre et des airs, une vapeur de sens et de sons. J'avais achevé ma métamorphose. Mon sang s'est allégé, j'ai déroulé mes membres, je suis sortie de mon trou. J'ai grimpé le long du tronc et respiré le feuillage jusqu'au zénith. Debout sur la cime, je me suis reflétée entre deux ciels. Celui infini de paix céleste, l'autre agité de vie terrestre.

J'étais Nekeli, unique, entière, réunie. Je n'avais plus besoin de puiser dans la sève de Soulaï pour grandir, ses respirations ne m'étaient plus nécessaires pour vivre. Il n'était plus même que moi, c'est ce que j'avais compris en le voyant, et refusé avec tant de désespoir. J'avais tellement attendu, tellement espéré, tellement imaginé nos futurs radieux. Je m'étais projetée avec tant d'ardeur dans ce que nous allions vivre ensemble que je ne supportais pas d'être arrachée à mon avenir.

Assise au sommet du monde, je n'étais plus même que lui. Et je l'acceptais.

Je suis retournée à la trouée.

Sur la branche, Lipipi se gavait de larves et de fruits. J'ai mangé avec lui.

Je ne sais combien de temps il m'avait fallu pour vaincre le tumulte d'émotions. Deux jours, une semaine, un mois peut-être...

28

Le moment est venu pour moi de partir. Je remercie l'arbre et sa branche moussue et j'enjambe les frondaisons qui encerclent la trouée. Les recrues rincent leur épuisement désespéré dans le torrent, les Frelons festoient autour des grilles posées à même les feux de bois où la viande cuit. Les calebasses de vin tournent de main en main, des rires fusent, la lune darde sur eux son faisceau froid.

Je salue le géant qui abrite la hutte de Soulaï sous ses rameaux flammés de pourpre. Il me respire, bruisse et frémit, puis m'offre asile. Lipipi niché sur mon épaule, je regarde mon frère repousser les femmes et entasser lui-même dans un plat plusieurs morceaux de viande rôtie. Je l'observe depuis plusieurs jours, c'est son habitude. Il ne partage jamais son repas avec les autres et personne ne s'en étonne. Le commandant Soussa lui beugle un « Bon appétit, lieutenant Sniper », Soulaï répond d'une voix grave et posée : « À demain, mon commandant », puis il rejoint son abri.

Le galet rose entre les doigts, j'attends qu'il atteigne le seuil de sa hutte pour le lancer à ses pieds. Il ne marque aucune surprise, s'incline et le ramasse. Il le fait tourner entre son pouce et son index, le plonge dans l'une de ses poches et entre chez lui. La porte est habilement isolée, on distingue à peine la lumière de sa lampe à huile. Quant à la fenêtre qui permet d'observer sans être vu à travers un œilleton dissimulé dans la paille du toit, il a dû l'obstruer, aucune lueur ne filtre.

La nuit est claire, les voix des Frelons s'élèvent au cœur de la trouée. À une centaine de pas de la hutte résonne la foulée tranquille d'une sentinelle.

Je replie mes jambes sur la branche, m'adosse au tronc et ferme les yeux. L'instant d'après, je les rouvre brusquement. Dans la hutte de Soulaï, deux mâchoires broient la viande, mon frère n'est pas seul ! Comment est-ce possible ? Je n'ai vu personne d'autre que lui entrer ou sortir de son logis.

J'empêche mon esprit de vagabonder, régule mon souffle et reprends mon attente.

Tard dans la nuit, mon frère ouvre sa porte et se hisse sans effort le long du tronc. Je le présente silencieusement à mon hôte qui accepte sa présence. Lipipi bondit de mon épaule et disparaît dans les hauteurs.

J'ai choisi une branche massive, gainée d'une écorce épaisse envahie de fougères. Soulaï se glisse à mes côtés.

Son épaule, son bras, sa cuisse, sa jambe, son pied contre les miens. Je ne tourne pas la tête pour le regarder.

— Tu es obstinée, Nekeli, à me poursuivre encore pour que je te dise où se trouve la cachette.

Il bouge à peine les lèvres et ne parle pas plus fort que le soupir du vent dans les feuilles.

Je souris. Il a trouvé les mots les plus légers pour me dire qu'il sait ce que je suis venue chercher.

— Tu vas me confier ton secret mais tu ne m'accompagneras pas, je souffle.

Je sens la peau de son bras frémir contre la mienne. Il reste silencieux.

— Quand as-tu décidé que tu ne retournerais jamais au village, Soulaï ?

— Je l'ai compris à l'instant où j'ai tiré sur nos parents. Un fils qui tue son père et sa mère ne mérite pas d'honorer l'âme de ses ancêtres et de protéger la mémoire des siens.

Son murmure s'amplifie.

— Toi, tu en es digne, Nekeli, et tu le feras, je l'ai toujours su.

Je songe à sa voix qui se mêlait à la mienne pour me donner le courage de résister à la violence de l'entraînement du sergent. Je pense à toutes ses balles tirées à ma place lors des raids-village, à la promesse qu'il a arrachée au commandant Soussa pour m'éviter de devenir la petite femme de Grand Cobra. Toujours il m'a protégée.

— C'est le sorcier qui t'a retenu dans la tente du commandant quand je suis partie chez Grand Cobra ? je demande.

— Non, Nekeli, c'est moi qui l'ai voulu. J'étais dévasté, tu partais, je ne le supportais pas. Si j'étais sorti, j'aurais couru pour te rattraper, sauté à la gorge de ceux qui t'enlevaient, je serais mort et toi aussi.

— Et le galet rose, pourquoi l'avoir donné à Noumou ?

— Je savais que vous seriez ensemble chez Grand Cobra. C'était pour te dire que... que j'étais là, avec toi. Que je ne t'oublierais pas.

— Noumou est mort.

— Nyele aussi.

Nos regards ne se cherchent pas, ils se trouvent. Dans les yeux de mon frère, ce ne sont plus des étoiles qui luisent mais des flammes. Son index effleure les perles du Doyen Moabi.

— Je suis heureux de te voir, Nekeli, souffle-t-il.

Il ouvre ses bras, je me jette contre lui. Longtemps nous restons enlacés, joue contre joue, cœur contre cœur.

— Après mon départ, tu ne penseras plus jamais au village, Soulaï ? je lui demande, la tête dans son cou.

— J'ai construit ma hutte à l'image de celle du vieux Tewomba, chaque fois que je passe le seuil, je réveille mes souvenirs.

— Et Temona ? Est-elle morte elle aussi ?

Il laisse passer quelques secondes.

— Quand Temona m'a vu rentrer de mission sans toi, sans Noumou, sans Koffi et sans Chacha, elle est restée muette plusieurs jours. Puis elle a proposé au commandant de devenir la femme-médecine des Frelons et s'est plongée dans la fabrication des remèdes. C'était une obsession, elle y passait ses jours et ses nuits. Il la laissait faire. Ses pommades, ses poudres et ses breuvages étaient efficaces, elle avait même le droit de se rendre seule dans la forêt pour prélever les ingrédients nécessaires.

Il pose une main sur mes cheveux.

— Il y a deux lunes, Temona est partie récolter des écorces et des feuilles, mais elle n'est pas rentrée. Le commandant est devenu enragé. Il a envoyé tous les hommes à sa recherche. Le lendemain, ils ont rapporté un lambeau de sa robe ensanglantée.

Un puits sans fond m'absorbe. J'étouffe un sanglot.

— Tout le monde a cru qu'une bête sauvage l'avait attaquée.

Je m'écarte de lui. Son visage est serein, son regard profond.

— C'est moi qui ai déchiré son boubou et l'ai trempé dans du sang de chèvre.

Je suis suspendue à ses lèvres.

— Au début des recherches, j'ai découvert Temona cachée dans un buisson d'épines. Elle s'était tordu la cheville et était incapable de marcher. Je lui ai fait signe de rester où elle était, j'ai entraîné les autres plus loin, et dans la nuit, je l'ai portée jusqu'à ma hutte.

C'est le seul endroit sûr dans la base, personne n'a le droit d'y pénétrer. Les Frelons me craignent, je suis le lieutenant du commandant à présent. Il me considère comme son fils et ne s'imagine pas que je pourrais le trahir.

Ses traits se crispent imperceptiblement. Considère-t-il le commandant Soussa comme son père ?

— Je cache Temona chez moi en attendant que sa cheville guérisse et qu'elle puisse repartir.

— Comment se nourrit-elle lorsque tu n'es pas à la base ?

— Je lui ai aménagé un passage sous le toit derrière la hutte. Elle boîte encore, mais elle peut sortir dans la forêt la nuit, boire au ruisselet et cueillir des fruits et des baies.

Son front se barre d'un pli soucieux.

— Je suis resté absent trois semaines et elle n'a presque pas osé sortir. Elle s'est beaucoup affaiblie.

Il sourit.

— J'ignore pourquoi elle a subitement pris la décision de s'enfuir, mais elle est comme toi, Nekeli, ce qu'elle a décidé, elle l'accomplit.

Je caresse son beau visage, imprime chaque grain de sa peau dans la pulpe de mes doigts, puis je m'écarte.

— Je partirai demain soir, je murmure. Avec Temona.

Soulaï m'a longuement expliqué les dangers du voyage. Il a complété les plans de Luzolo, y a gravé de nouveaux itinéraires pour éviter les rebelles.

« Tu seras en sécurité, une fois passé le village de pêcheurs avec les cases sur pilotis. La région n'intéresse plus personne. Dans quelques années, elle sera recouverte par la forêt. »

L'aube pointait, un fil de clarté bleue à la cime des arbres. Il est allé chercher une machette dans sa hutte et me l'a tendue, avec un sac à dos rempli de provisions et de remèdes.

— Pars devant, tu gagneras du temps. Suis la piste tracée par les sangliers au nord de la base, et attends-moi devant le grand cotonnier. Tu ne peux pas te tromper, son tronc est creux. Je te rejoindrai avec Temona dans la nuit.

Je ne cours pas le long de la piste qu'il m'a indiquée, je la suis de la canopée. Mon amie ne pourra pas se déplacer dans les arbres, le monde vu d'en haut va me manquer. Lipipi saute de branche en branche à mes côtés, je me gorge de courants parfumés, de zébrures de soleil, de chants et de bourdonnements.

Le cotonnier est un vénérable généreux. Il abrite dans sa grotte une colonie de chauves-souris et des nuées d'oiseaux jaunes nichent dans ses ramures. La mousse mousse sur son tronc, les fougères fougèrent sur ses branches, il offre aussi l'hospitalité à mille petits champignons d'un vert délicat. Seuls les arbres savent accueillir et loger tant d'espèces différentes.

Je partage des cocons de fourmis et des baies rouges avec Lipipi. Puis je m'étends entre deux racines plus grosses que moi pour prendre des forces. Un capricorne d'un bleu éclatant se pose à deux doigts de mon nez. Je deviens sa protectrice éphémère, il nargue les perruches qui n'osent l'approcher. Nous restons ainsi, voisins d'écorce, parfaitement immobiles. Seules ses antennes se dressent et s'orientent. Comme lui, je palpe les vibrations de la forêt. Je perçois les sons, les odeurs, l'épaisseur de la terre, la transparence de l'air. Je ne suis plus l'éclaireur de Grand Cobra, à l'affût des bruits cachés de ceux qui vont mourir, mais la fille du peuple des arbres à l'écoute de la vie. Enfin l'insecte s'envole vers un autre poste de guet, la nuit tombe d'un coup et une poussière d'astres scintille dans les branches. Le cotonnier héberge aussi une famille de vers luisants.

J'entends les pas de Soulaï fouler le sol, je m'étire, caresse les racines géantes et me lève. Je suis prête.

Mon frère porte une petite lampe sur son front, une arme légère en bandoulière, une lance dans sa main droite et Temona sur son dos. Il la dépose avec précaution et lui tend la lance qui lui servira de bâton de marche. Elle ne ressemble plus à l'enfant que j'ai connue, c'est une grande fille au front bombé, aux traits émaciés et au regard grave.

Elle est vêtue d'une chemise et d'un pantalon à peu près à sa taille que mon frère a dû récupérer chez les jeunes Frelons.

Nous sommes tellement émues de nous revoir que nous ne parvenons pas à parler. Je la presse contre moi. Soulaï me tend sa petite lampe, je la refuse de la tête, lui montre mon nez, mes yeux et mes oreilles.

Il sourit, se penche sur moi et me souffle le secret de la cachette. Puis il effleure ma joue de ses lèvres, se détourne sans un mot et disparaît dans la nuit.

Je songe que je ne le reverrai plus jamais, plonge machinalement la main dans ma poche. Sous mes doigts, le galet rose qu'il a dû glisser quand il m'a embrassée. Mes yeux picotent, je secoue la tête, me tourne vers mon amie dont je ne distingue que le regard luisant.

— Je sais pourquoi tu t'es enfuie, Temona, je lui chuchote, et je te promets que nous arriverons au village à temps.

Se rebeller, c'est se révolter, refuser d'être docile, résister.
Lutter contre ceux qui oppriment et tyrannisent.
Alors,
pourquoi des tueurs, des persécuteurs,
des hommes qui pillent, saccagent,
brûlent, profanent, et trouent les gens,
se prétendent-ils « rebelles » ?

Les tueurs, les persécuteurs, les hommes qui pillent, saccagent, brûlent, profanent, et trouent les gens, nous ont traquées.
Les bêtes sauvages nous ont laissées passer.
La forêt était notre alliée, notre mère,
notre nourricière,
elle nous a protégées.

Lorsque nous sommes arrivées sur les rives du fleuve marron, Lipipi ne nous a pas suivies.
Un singe n'est ni un poisson, ni un pêcheur, ni un piroguier. C'est un être des feuilles, des branches,
de la canopée.
Sept lunes.
Sept
Lunes.

C'est le temps qu'il nous a fallu.

Un matin, enfin, l'air s'est paré d'ocre et de rose,
j'ai entendu chanter la rivière, tinter les coquillages,
nous sommes arrivées au village.

29

Au pied d'un palmier, j'ai fabriqué une petite hutte de roseaux tressés pour abriter Temona. Sur le sol, j'ai disposé de larges feuilles de bananier et à droite de l'ouverture, j'ai fixé un bouquet de fleurs de palétuvier. Nous nous sommes lavées dans la rivière, je l'ai aidée à s'étendre dans son abri, puis j'ai versé de l'eau dans une pierre creuse que j'ai laissée devant l'entrée. Tout était prêt.

Assise sur la pierre inaugurale, je regarde la rivière. Son eau est toujours aussi cuivrée, les coquillages et les galets brillent sur ses rives. Autour de moi, des bouquets de bananiers, des fougères, de jeunes manguiers, des buissons de baies sauvages. Il ne reste rien des cases, rien des corps de ceux qui sont morts. Rien de Lulu et grand-ma'. Rien de la natte bleue éclaboussée de sang. Les parcelles sont envahies par tout ce qui a voulu pousser. De-ci, de-là, émergent un plant de manioc et des plumeaux épars de sorgho rouge.

Je tire mon couteau de ma ceinture, m'agenouille. C'est là, à la sortie du village, derrière la pierre de notre école oubliée que papa et Soulaï ont enterré les insignes, les reliques sacrées et les talismans, emblèmes de notre clan.

Je commence à creuser. Il a plu hier, le sol est meuble. Mon trou s'agrandit, je pose ma lame, et plonge mes mains dans la terre. Mon cœur bat si vite, si fort.

Je creuse de plus en plus vite, de plus en plus fort. Et chaque poignée de la terre de mon village que je jette de côté m'arrache des larmes. Et chaque larme qui roule sur mes joues me murmure : « Ne sois pas triste Nekeli, nous sommes là, tous ceux du village, nous vivons en toi. » Je pleure, pleure, en entendant leurs voix. Dans ma tête, le tam-tam résonne, c'est la fête au village. Tout le monde danse, ruisselant de sueur, les vieux, les parents, les jeunes. Bakari est un peu amoureux de moi, il m'offre du poisson grillé et de la patate à l'huile de palme roulés dans une feuille de manioc. Mama chante la chanson du géant de l'eau avec sa voix tellement pure et forte qu'on ne peut que fermer nos becs pour l'écouter. Grand-ma' sourit, Lulu gazouille dans ses bras, papa me souffle : « Ouvre les yeux, Nekeli, pose ton regard sur chacune des choses et laisse couler de tes lèvres des mots-rivières qui rendent tout vivant parce que la vie est partout. Même dans l'air et les cailloux. »

Mes doigts butent sur un coffret en bois sculpté de poissons et de pirogues. Je le sors délicatement. À l'intérieur reposent les emblèmes de notre clan.

Un grand calme m'envahit. Mes larmes ruissellent, mais elles ne sont ni acides ni amères. Elles me baignent d'onde claire. L'esprit du ciel, l'esprit de la terre et l'esprit de la rivière illuminent le paysage. Sur ma peau, je sens palpiter les perles du Doyen Moabi. Ma poitrine s'ouvre, mon esprit se libère, une joie indicible m'inonde. Alors je saisis les statuettes et les brandis vers le ciel, les paroles rituelles sortent de ma bouche, je les chante, je les clame. De toute mon âme je rends hommage aux ancêtres.

J'enterre de nouveau le coffret au pied de la pierre inaugurale. Papa a fait le bon choix, c'est là sa place. Lorsque notre village sera devenu une forêt, les âmes de nos ancêtres converseront avec celles des arbres.

Je suis venue trop tard pour enterrer nos morts mais ma mémoire est la sépulture de mon peuple. Il y reposera en paix.

Je tasse la terre sous mes pieds.

J'entends : flap-flap.

Je reconnais le son des ailes des oiseaux venus des terres lointaines. Au début, je les entends à peine, puis elles envahissent l'air, flap-flap, flap-flap, le brassent, le caressent, l'envaguent de vent, fraîches et légères. Je respire, flap-flap, flap-flap. Je ne pense plus à rien.

À rien.

De la hutte de roseaux tressés s'échappe le cri de Temona.

Je me précipite.

Toute l'après-midi, toute la nuit résonnent ses cris.

Cris, cris, cris. Cris des femmes,

cri des épouses obligées.

Cri des filles orphelines,

cri des sœurs arrachées.

Cris, cris, cris.

Cris des femmes humiliées,

soumises, violentées.

Cris des femmes souillées,

emprisonnées,

assassinées.

Cris éperdus de celles que des hommes plongent dans

les

ténèbres.

*

Tu es née, comme Lulu, à l'heure du chant du coq.

Tu as réveillé le jour, un rayon a caressé le toit de la hutte de roseaux tressés.

Les fleurs de palétuvier embaumaient.

Ton premier cri, petite fille, ton premier cri a éclaté.

Éblouissant.

On aurait dit une rafale de soleils sortie de ta gorge pour m'aveugler, me ravir et m'étourdir.

Cette histoire, petite fille, c'est aussi la tienne.

Ta mama Temona ne voulait pas d'enfant, surtout pas d'enfant du commandant Soussa. Jamais elle n'oubliait d'avaler la poudre qui fait disparaître les fruits de bébés cachottés derrière le nombril.

Comment as-tu réussi à mijoter dans son ventre ? C'est encore l'un des grands mystères de la vie.

Ta mama a peur que tu apprennes un jour qui était ton papa. Elle pense que tu seras en colère contre elle, contre le monde entier et même contre toi-même.

Alors elle te le cachera.

Tu viendras me trouver, tu insisteras, tu me supplieras, et si je me tais, tu seras en colère contre moi, contre ta mama, contre le monde entier et même contre toi-même.

La vérité, la dire, la connaître, c'est le meilleur moyen d'être en paix.

Ta colère et ta peine, si elles viennent, je t'aiderai à les éteindre.

C'est important que tu saches que quand Temona a appris que tu existais, elle n'a ressenti ni rage ni désespoir. Tout de suite, elle a voulu te protéger, tout de suite elle t'a aimée. Elle est devenue ta mama, ta mama-courage.

Nous allons rester au village – même s'il n'existe plus sur terre, il reste mon village – le temps que tu sois assez forte pour entreprendre un long voyage. Peut-être chercherons-nous la ville de Luzolo. Peut-être irons-nous dans celle du docteur Como. Peut-être rejoindrons-nous mon peuple des arbres. Nous verrons... Mais ce qui est certain, petite fille, c'est que nous le ferons.

À PROPOS DE CE ROMAN

Genèse

L'histoire de *Guerrière* s'est structurée de 2016 à 2021. Je souhaitais raconter des existences minuscules et anonymes, celles de ces gamins parfois à peine plus hauts que les armes qu'on leur colle entre les mains quand ils sont arrachés à leurs familles, souvent forcés à assassiner leurs proches, torturés, endoctrinés, dénaturés jusqu'à la folie, et transformés en machines à tuer.

En 2016, j'ai été bouleversée par *Wrong Elements*, un documentaire de l'écrivain et cinéaste Jonathan Littell qui retrace l'histoire de Geofrey, Nighty, Mike et Lapisa, quatre jeunes adultes ougandais. Tout commence en 1989 avec Joseph Kony, insurgé contre le pouvoir central. « Guidé par des esprits », il forme en Ouganda un nouveau mouvement rebelle : l'Armée de résistance du Seigneur (LRA). Cette *armée* a enlevé plus de 60 000 enfants. Les petits garçons devenaient soldats, assassinaient et pillaient les civils. Les petites filles rejoignaient les harems des chefs rebelles... Peu ont survécu. Geofrey, Nighty, Mike et Lapisa faisaient partie de ces enfants-soldats. Ils ont réussi à s'échapper et tentent aujourd'hui de trouver une place dans la société. Mais pour beaucoup, ils demeurent des *wrong elements*[1].

En 2021 s'est achevé devant la Cour pénale internationale l'interminable procès de Dominic Ongwen, ancien haut gradé de la LRA, visé par 61 chefs d'accusation, parmi lesquels le meurtre, le viol, l'esclavage sexuel et la conscription d'enfants-soldats. Il a été condamné pour crimes contre l'humanité et crimes de guerre. À l'âge de dix ans, ce même Dominic Ongwen avait été kidnappé par la LRA sur le chemin de l'école, élevé et endoctriné par Vincent Otti, un proche de Joseph Kony. Il faisait partie de ceux que l'on appelle « les enfants-soldats ».

Le film de Jonathan Littell et le procès de Dominic Ongwen posent la dérangeante question de la culpabilité des enfants guerriers, à la fois ignobles bourreaux et victimes d'une situation qui ne leur laisse aucun choix, sinon celui d'obéir. Forcément, ils nous poussent à débattre : nous ne pouvons comprendre et tolérer la barbarie d'adultes (tels que Grand Cobra ou le commandant Soussa), mais celle des enfants est-elle davantage supportable ? Des jeunes assassinent des civils depuis qu'ils ont six, dix, douze ans, leurs

1. *Wrong elements* : « mauvais éléments » en anglais.

actes sont moralement et humainement irrecevables, comment se positionner ? Vous, lisant le roman, moi, l'écrivant, quels sont nos sentiments envers Soulaï et Noumou ? Suscitent-ils pitié ou colère ? Empathie et compréhension, ou horreur et rejet ? Notre jugement serait-il différent si nous les voyions devenir adultes ? Que dirait-on d'un Noumou de trente ans qui massacrerait des villageois à la machette ? Soulaï a lui aussi vécu la douleur et l'horreur de tirer sur ses parents et pourtant, il tue. Le condamne-t-on ?

C'est là toute la complexité des personnages de ce livre et de ceux qui commettent réellement ces crimes atroces.

En écrivant *Guerrière*, je n'avais ni le souhait ni la prétention d'apporter des réponses, seulement de poser ces questions.

C'est à chacun, chacune, selon sa culture, sa personnalité et son expérience, de décider intimement ce qu'il ou elle pense, de nuancer ou de trancher, de se documenter, de se forger ses propres opinions.

Localisation

À l'heure où ce roman est publié, l'Unicef estime (rapport 2023) qu'environ 300 000 enfants-soldats (probablement davantage, tous ne sont pas recensés) sont détenus par des groupes rebelles, mais également par des armées gouvernementales.

Ces *recrutements* ont lieu un peu partout dans le monde, mais en grande majorité en Afrique subsaharienne et australe. Selon un rapport de l'ONU (janvier 2022), le nombre d'enlèvements d'enfants continue d'augmenter, et les cas établis sont particulièrement nombreux en Somalie, dans le bassin du lac Tchad, en République démocratique du Congo, et en République centrafricaine.

Le pays de Nekeli, en grande partie fictif, s'inspire de ces deux derniers, mais aussi de la Sierra Leone, du Nigeria, de l'Ouganda, où le recrutement d'enfants-soldats n'est plus pratiqué. La forêt humide m'était nécessaire pour créer l'environnement de mes personnages, elle tient une place importante dans certains chapitres du roman.

Il n'est évidemment pas question de stigmatiser, de quelque façon que ce soit, les populations d'Afrique subsaharienne et australe.

Langage

J'ai beaucoup réfléchi à la langue en écrivant ce roman. Comment s'exprime-t-on lorsque l'on est confronté à la guerre, au danger, à la terreur, à la mort ? Que deviennent alors la parole, le souffle, la pensée ? Quel est le langage d'un enfant face à de telles atrocités ?

La langue de ma narratrice ne pouvait être trop « littéraire », il fallait créer des rythmes syncopés, un verbe singulier, briser la phrase.

Lorsque la guerre s'engouffre dans son existence, Nekeli perd son langage, elle ne trouve plus les *mots-rivières*. Son élocution s'essouffle, s'affole, sa grammaire se déstructure, traduit le chaos, son vocabulaire s'asphyxie, son corps convulse, chute ou se raidit, de même pour ses pensées. Il devient impossible pour elle de s'exprimer autrement.

C'est seulement après l'explosion du convoi, lorsque Nekeli part avec Luzolo, que son verbe se transforme peu à peu. Elle laisse Tigresse et Sorcière derrière elle et se réapproprie son langage. Le peuple des arbres l'aide à le retrouver complètement et sa grammaire de guerre n'a plus lieu d'être – même si quelques résurgences font de furtives apparitions lorsqu'elle retourne à la base du commandant Soussa.

À présent, ce livre est vôtre. Cette histoire, ces messages, ces questionnements vous appartiennent...

REMERCIEMENTS

Merci à Amal qui disait : « Ce ne sont pas les mots qui sont violents, mais la réalité qui est cruelle. »

À Terese, Gervais, Yaoundé, Urmila, Rosalie et Faustin, autrefois enfants-soldats : merci pour les échanges, la disponibilité, la gentillesse, la sincérité, et... les soirées gastronomiques express entre deux trains ! (Je voue désormais un culte au poulet moambé.) Merci du fond du cœur pour vos mots, vos patientes explications, vos silences, vos larmes refoulées et vos éclats de rire sonores, en rafales de soleils. Merci de m'avoir autorisée à m'imprégner de vos histoires pour créer une fiction qui n'a rien à voir avec vous, mais où vous êtes partout. Vous avez tout mon respect et ma plus profonde amitié.

Merci à Hina Hundt (@hina.hundt sur Instagram) pour sa magnifique illustration de couverture et pour nos discussions bienveillantes et enthousiastes.

Petits secrets de fabrication : la couverture de *Guerrière* a été réalisée sur synopsis, avant l'écriture. L'éclair qui symbolise la guerre sur le dessin d'Hina m'a inspiré la scène d'orage à la fin du chapitre 2 ; les peintures jaunes autour de l'œil du personnage, la scène de « baptême » du Doyen Moabi, chapitre 25. Quant à moi, je lui ai suggéré la couleur éclatante du teint de Nekeli, pour ajouter une dimension « surnaturelle », et parce que les violets d'Hina sont juste sublimes !

Merci à Marion Balalud et à Manon Sautreau, éditrices triple étoilées, qui m'ont offert leur confiance, leur patience et leurs conseils tellement fins, précis et judicieux pour améliorer le texte.

Merci à : Tom, mon brillantissime relecteur (@book_by_tom_ sur Instagram) ; Antonin Camus, mon premier lecteur super encourageant, libraire à Chabeuil (@antonin_camu & @ librairie_ecriture sur Instagram) ; et bien sûr, notre bonne fée, précieuse, indispensable, absolument magique : Carole Ravalet.

Merci à Marie Pêcheur-Roos et Marie-Odile Mauchamp, (correctrices), Nicolas Caminade (graphiste) et à toute l'équipe slalomée qui a œuvré (et œuvre encore !) avec talent pour ce livre.

Enfin et surtout : pépiants mercis à Alain pour ses exquis plateaux-repas, son attention et sa douce compréhension quand je me cloître dans mon donjon.

PLAYLIST DU ROMAN*

Chapitre 1

— *Hinna – Djulo* – Catrin Finch & Seckou Keita – « Soar »

— *Ka Moun Kè* – Rokia Traoré – « Beautiful Africa »

Chapitre 2

— *Death* – Goran Bregović – « Arizona Dream »

— *Enat Hager* – Sona Jobarteh – « Motherland – The Score »

Chapitre 3

— *Tia* – Artur Nunes – « Reviver » vol. 1

— *Japurá River* – Uakti – Philip Glass – « Aguas da Amazonia »

— *Ma Kongo* – Bonga – « The Lusafrica Series : Angola 72/74 »

Chapitre 4

— *Gunpowder* (instrumental) – Goran Bregović – « Arizona Dream »

— *Metamorphosis I* – Uakti – Philip Glass – « Aguas da Amazonia »

---

* Retrouvez cette playlist, ainsi que celles de nombreux autres romans Slalom, sur les réseaux de la maison d'édition.

Chapitre 5

— *Ahan* – Ibrahim Maalouf & Angélique Kidjo – « Queen of Sheba »

— *Ta Nyé* – Vincent Peirani, Vincent Segal, Ballaké Sissoko & Émile Parisien – « Les Égarés »

Chapitre 6

— *Mu Nhango* – Bonga – « The Lusafrica Series : Angola 72/74 »

— *Kisua Ki Ngui Fua* – Artur Nunes – « Reviver » vol. 1

Chapitre 7

— *Muxima* – Os Kiezos – « Memórias »

Chapitre 8

— *Ogbo* – Ibrahim Maalouf & Angélique Kidjo – « Queen of Sheba »

Chapitre 9

— *La Chasse* – Goran Bregović – « La Reine Margot »

Chapitre 10

— *Pemmican* (Degiheugi Remix) – La fine équipe & Gaël Faye – (single)

— *Petit Pays* – Cesária Evora – Cesária

Chapitre 11

— *Sodade* – Bonga – « The Lusafrica Series : Angola 72/74 »

Chapitre 12

— *Diablo Rojo* (Remastered) – Rodrigo y Gabriela – « Rodrigo y Gabriela » (Deluxe Edition)

— *La Nuit de la Saint-Barthélemy* – Goran Bregović – « La Reine Margot »

Chapitre 13

— *Battle of Qadesh* – Sona Jobarteh – « Motherland – The Score »

Chapitre 14

— *It's a Man's Man's, Man's Word* – Sekouba Bambino – « Sinikan »

— *Away Away* – Ibeyi – « Ash »

Chapitre 15

— *De Cara a la Pared* – Lhasa de Sela – « La Llorona » (Remastered Edition)

Chapitre 16

— *Obinrin* – Ibrahim Maalouf & Angélique Kidjo – « Queen of Sheba »

Chapitre 17

— *Hanuman* – Rodrigo y Gabriela – « 11:11 » (Bonus Track Version)

Chapitre 18

— *Ixtapa* (Remastered) – Rodrigo y Gabriela – « Rodrigo y Gabriela » (Deluxe Edition)

Chapitre 19

— *Intro Mansa* – MHD feat Salif Keita – « 19 »

Chapitre 20

— *Orion* (Remastered) – Rodrigo y Gabriela – « Rodrigo y Gabriela » (Deluxe Edition)

Chapitre 21

— *Badjourou* – Ballaké Sissoko – « At Peace »

Chapitre 22

— *Morning Roots* – Guillaume Poncelet – « Quatre Vingt Huit »

Chapitre 23

— *Sihamba Nawe (We Walk with You)* – Yelengu feat Johnny Clegg – « Tribal Beatz of Africa »

Chapitre 24

— *Kinga Cuetta* – Bonga – « The Lusafrica Series : Angola 72/74 »

Chapitre 25

— *Téranga – Bah* – Catrin Finch & Seckou Keita – « Soar »

— *Finini* – Rokia Traoré – « Mouneïssa »

Chapitre 26

— *Sé* – Rokia Traoré – « Mouneïssa »

Chapitre 27

— *Yumeji's Theme – From « In the Mood for Love »* – Thibault Cauvin – « Films »

Chapitre 28

— *Dianfa* – Rokia Traoré – « Tchamantché »

— *Niandou* – Ballaké Sissoko & Vincent Segal – « Musique de nuit »

Chapitre 29

— *Djourou* – Ballaké Sissoko feat Sona Jobarteh – « Djourou »

— *Senye* – Angélique Kidjo – « Africa Sings »

DÉCOUVREZ L'AUTRE ROMAN
DE CÉCILE ALIX CHEZ SLALOM

Le parcours d'un migrant, des difficultés indicibles de son voyage jusqu'à la résilience.

#Immigration
#Famille
#Espoir

Avoir 15 ans dans un pays en guerre, être forcé de devenir un homme, se retrouver projeté sur les chemins de la clandestinité, effleurer les limites de l'humanité, apprendre à survivre, s'effacer, oublier...
Puis
Vivre – à nouveau
Ressentir – encore
Faire confiance – petit à petit
Garder espoir – toujours

Prix Radio Télévision Suisses (RTS) 2023
Prix des lecteurs Orée de Bercé Belinois 2023
Prix des Embouquineurs 2022/2023
Prix Durance Ados 2022/2023 (4e/3e)

DÉCOUVREZ LES AUTRES PUBLICATIONS 100 % ÉMOTION CHEZ SLALOM

Quand les difficultés de la vie font éclore de belles histoires.

#Confianceensoi
#Destin
#Amour

Parfois, la vie ne fait pas de cadeau. Dempsey, qui a joué au dur à cuire, s'est fait attraper. Livia, qui tente de panser ses blessures, s'évade dans la solitude.

Face à eux, dans la chaleur estivale des montagnes ardéchoises, le silence. Et Violette, une adulte. Chez qui ils vivront pendant deux semaines. Pour les aider à surmonter leurs difficultés, elle les pousse à avancer au gré de nouvelles rencontres. Dempsey découvre l'escalade, apprend à se contrôler pour atteindre les sommets. Livia s'ouvre à la vie, à l'autre, et se prend à aimer à nouveau.

Peu à peu, les provocations et les angoisses s'estompent. Et au milieu des sourires, des regards pleins de tendresse, le bonheur, enfin.

Quelques secondes pour s'effondrer, une nuit pour se relever, la vie pour se reconstruire.

#Amitié
#Émotion
#MeeToo

C'est l'histoire de Gabriel, l'insoumis pétillant, Agathe, la fêtarde insouciante, Alex, l'élève parfait, Sarah, la discrète mal dans sa peau. C'est aussi et surtout l'histoire d'Eden, dont l'aura suffit à combler le mutisme. C'est l'histoire d'un secret, de gestes déplacés qui mènent un jour à l'inconcevable... Durant une nuit, le temps s'arrête et cinq vies basculent.

Mention spéciale du jury pour le prix Axl Cendres

Trois âmes écorchées, un road trip vers la liberté.

#Rencontres
#Amour
#Espoir

Charlotte fuit une mère toxique, Thomas s'échappe d'un deuil encore trop douloureux, Matthieu rejette un foyer déchiré. Ils ne se connaissent pas mais se retrouvent à faire un bout de chemin ensemble pendant quelques jours. Le temps de partager, s'engueuler, s'accepter, s'amuser, grandir et choisir.

De vivre.

D'aimer.

D'avancer.

Avec qui voudriez-vous vivre la fin du monde ?

#Amour
#Famille
#Malaisie

Huit mois, c'est le temps qu'il reste à Aisha avant d'affronter la fin du monde. À dix-sept ans, elle étouffe de regrets et de questions. La plupart concernent sa sœur qu'elle n'a pas vue depuis trois ans. C'est le moment ou jamais de partir à sa recherche avec sa mère. Son petit ami Walter, ainsi que ses parents et un chat errant, sont aussi du voyage.
Le groupe s'engage dans un périple hors du temps à travers la Malaisie. L'ultime chance pour Aisha d'apprendre à apaiser les plaies du passé et à accepter le présent.

Prix Waterstone

La sororité au cœur d'une aventure fantastique.

#Martinique
#Sœurcières
#Histoire

Dans la torpeur et l'ennui de son été, Naïlah, en vacances en Martinique chez sa grand-mère, tombe sur un vieux secret de famille. Une magie ancestrale la projette au cœur du XVIIe siècle. À cette époque, elle rencontre Nònoum, jeune chamane kalinago confrontée à la violence des colons ; Funmilayo, prêtresse yoruba déportée sur l'île comme esclave ; et Rozenn, paysanne bretonne arrivée dans la colonie après avoir été accusée de sorcellerie.

Réunies dans une quête désespérée de liberté, les quatre jeunes femmes découvriront la puissance de la sororité face à l'oppression et tenteront, à leurs risques et périls, de changer le cours de l'histoire...

Toute notre actualité et nos auteurs sur :
www.slalom-editions.fr